El Cazador de ciervos

Roy Phelan

Dedicatorias

Hay una parte de mí en cada una de estas historias: mi personalidad, mis miedos y mis defectos. Es imposible evitarlo, incluso en la ficción. Pero al leerlas, espero que también encuentres algo de ti mismo.

El Encuentro

Horacio recién acaba de fumar un porro, como es su costumbre
después de cenar. Se prepara así para la noche en su taxi. Está cruzando
por San Rafael buscando un pasajero y se siente bien. El tiempo es
perfecto y el cielo está claro y lleno de estrellas. Las calles están vivas.
El aire fresco le da energía. Puede sentir en su corazón la vida de esta
parte de la ciudad. Sabe que va a hacer suficiente lana, nunca espera
mucho. No, Horacio piensa más en qué tipo de pasajero va a subir a
su taxi; tal vez una actriz, un director de cine famoso o simplemente
una muchacha bonita. Vive para la emoción de llevar a pasajeros
famosos e interesantes. Una vez Luis Miguel subió a su taxi; sí, en serio.

Hace años, Horacio soñaba con ser actor. Fue a algunas
audiciones, pero nunca logró un papel. Bueno, apareció en algunos
anuncios que nunca fueron transmitidos y fue extra en una película de
Gael García Bernal. Desafortunadamente, no logró verse en ella.
Nunca esperó ser taxista por más de 15 años. Aparentemente hay

muchos actores con carisma. A pesar de que sigue fantaseando con ser actor, poco a poco ha llegado a aceptar su realidad. Bueno, en su opinión es un taxista más interesante, inteligente y atractivo que los demás.

Siempre ha sido guapo, con cabello largo y crespo, ahora con sólo un poco de canas que lo hacen parecer un galán. Su camisa está abierta, así que se puede ver su pecho y la cadena de oro que cuelga de su cuello. Una ventaja de ser taxista es que tienes más oportunidades de ver y hablar con muchachas. Sabe que, si quiere éxito con ellas, debe lucir bien. Con el paso del tiempo ha aprendido cómo ligarlas y hacer que se sientan cómodas, cuando en realidad son su presa. De vez en cuando conoce a una muchacha que está interesada en él. Normalmente, ya no son las que le interesan, pero a menudo se siente solo y por eso está dispuesto a conformarse. Podría ser el momento para buscar una relación seria, algo que no ha tenido desde hace mucho tiempo. No está volviéndose más joven.

Gabriela quería salir de la fiesta temprano. Nunca se sintió cómoda asistiendo a una fiesta sin su marido. Aunque siempre le había sido fácil encontrar un acompañante, solo mencionando con una sonrisa sus deseos, esta noche no siente ese poder. Recién se enteró de que su esposo, con quien se casó hace catorce años, le puso los cuernos. Él es igual a muchos hombres de la clase alta: piensa que tiene el derecho de entretenerse con otras mujeres. Es guapo y rico, tal vez Gabriela esperaba más de lo que debería. Ahora están en proceso de divorciarse. De hecho, la traición no le molestó mucho. Claro, tiene que comportarse como si estuviera horrorizada, pero nunca esperó fidelidad completa de un hombre como Chava. Lo que esperaba era que Chava luchara, que opusiera cierta resistencia al divorcio, cosa que nunca hizo. Él estuvo de acuerdo rápidamente y fue un proceso lleno de dolor y vergüenza, más bien para Gabriela. Aunque la tranquiliza la idea de que nunca lograron tener hijos, aún no sabe lo que va a hacer con su vida. No viene de la clase alta. La preocupa ya no tener amigos después del divorcio; todos sus amigos de casada antes eran de su esposo. Nunca se ha sentido más perdida, más sola.

Siempre ha sido su costumbre aprovecharse de su apariencia. Sí, es guapa, delgada, siempre ha parecido de clase alta. De hecho, le gusta ser llamada "fresa", lo considera un cumplido, aunque no puede demostrar que le gusta porque, claro, sería inapropiado. Se mantiene bien; clases de yoga, manicuras, pedicuras, faciales. Incluso pensó en otras opciones más drásticas para mantener un aspecto más joven. Ya no es una muchacha, puede ser más difícil encontrar a otro hombre rico. Siempre ha dependido de su esposo o de un novio. Ya no recuerda cómo coquetear con ellos. Por ahora puede vivir en su departamento, pero no sería algo permanente. ¿Tendrá dinero después del divorcio? Chava es despiadado y tiene amigos importantes. Trabajar no es una opción, nunca ha trabajado. ¿Qué va a hacer? ¿Dónde va a vivir?

Horacio da una vuelta hasta el Paseo de La Reforma. Normalmente, hay muchos taxis y pocos pasajeros por ahí, pero el tipo de pasajero puede ser un poco mejor. Le gusta estar en el centro de la actividad de la ciudad, le permite sentirse parte del mundo en vez del solitario que ha llegado a ser.

Ve a tres chicas bien vestidas, dos un poco mayores que la tercera, al lado de la calle enfrente del Four Seasons. Se ven como mujeres ricas: zapatos de tacón, vestidos de noche, pelo y maquillaje perfectos. Frena su taxi porque es una oportunidad que siempre busca. Lo saludan. Bueno, tres chicas es mucho porque les gusta hablar entre ellas, nunca quieren que las vean hablando con un taxista, pero es el tipo de cliente que disfruta. Las dos de quienes puede ver sus caras, parecen un poco mayores, pero aquella, de quien solo divisa la espalda perfecta, parece perfecta. Aunque no puede ver su cara, siente un aire de elegancia que lo atrae.

Mientras frena el taxi cerca del borde de la banqueta, baja su ventana para asegurarse de que no puedan detectar el olor de su hierba recientemente terminada, no son el tipo de chicas que estarían impresionadas con su vicio. Una de ellas levanta un dedo para señalar que espere porque todavía están hablando. Sólo es un taxista; claro, puede esperar.

Sus amigas insisten en que Gabriela les importa. Dicen que fue horrible lo que hizo Chava, su esposo en este momento y el amigo de ellas desde su juventud. Dicen también que es lo que hacen todos los hombres y por eso hay que aceptarlo. La habían convencido de ir a la fiesta sola, le habían dicho que todo estaría bien, que era ella con quien querían estar. Gabriela necesitaba salir y divertirse, entonces accedió. Pero una vez en la fiesta, una que normalmente disfrutaría, todo se sentía diferente; las miradas, los susurros. Había hombres que no podían verla directamente. Son los amigos de Chava y ya no son los suyos. Se quedó en la fiesta tanto tiempo como pudo aguantar y, luego, les dijo a sus amigas más íntimas que iba a salir. Se sentía afortunada de que la acompañaran a la calle, para ella eso no es natural.

Después de despedirse de sus acompañantes con besos al aire para no echar a perder su maquillaje, Gabriela sube al taxi. Sin mirar al taxista, le da su dirección, "Anatole France 139, Polanco". Horacio está feliz. Su pasajera sólo es una y, aunque no puede ver su cara, es la que se ve más joven y guapa de las tres. Ahora puede probar su encanto. Echa un vistazo a su espejo, ella está mirando por la ventana y Horacio sólo distingue su pelo, que le cubre la mitad de la cara. Aún desde esta perspectiva limitada, puede notar que ella está un poco triste y perdida en sus pensamientos. Va a ser un reto, pero acepta el desafío. Ella ha entrado en su territorio, su reino. Toma un respiro por la nariz en un intento de olerla. La fragancia sutil de su perfume es embriagadora.

Sin que él se dé cuenta, Gabriela le echa un vistazo. Una mujer guapa aprende a controlar su mirada. Siempre tiene que tener cuidado de no dar señales inapropiadas, los hombres nunca necesitan mucho para acercarse, y esta noche lo último que quiere es la atención no deseada de un taxista. Ella no puede ver su cara, pero nota su melena impresionante y el tatuaje sobre el dorso de su mano derecha, tal vez sea una serpiente enredándose en una cruz; por el retrovisor puede ver la cadena de oro contra la piel bronceada de su pecho. Es más o menos de su edad, aunque él está un poco más avejentado.

Después de arrancar, Horacio decide comenzar el juego.

—Es una noche bella, ¿no? —y después de una pausa agrega— La luna es espectacular.

¿Por qué no comenzar con un toque romántico? Horacio sabe que solo tiene 20 minutos para llegar a su destino.

Gabriela no está de humor para tener una plática con un taxista. Sin mirarlo, murmura:

—Supongo que sí —en un tono que indica que no quiere hablar, que ni la luna ni las estrellas le interesan.

Horacio, todavía cien por ciento decidido, sabe que necesita hacer una pregunta que la haga hablar, esta chica no va a ofrecer nada por voluntad propia.

—Voy a dar una vuelta en U para tomar la Avenida Reforma, hay tráfico esta noche, pero siempre es más rápido —dice sin pensar, casi nadie tiene una preferencia de ruta, especialmente las mujeres—. ¿Estabas en la fiesta en el Four Seasons?

Ninguna respuesta.

—Es un evento de caridad, ¿no?

Gabriela, perdida en sus problemas, piensa que este güey nunca se va a dar por vencido. "¿Acaso no he dejado claro que no quiero platicar?", dice para sus adentros. Tras detenerse el ataque, ella mira el tarjetón del taxi, luego a él. Un escalofrío corre por su columna. Por un momento está completamente paralizada. Mira fuera del taxi y voltea la cara, pero no hay lugar para esconderse. Normalmente, no hubiera sido un problema ver a su exnovio, pero no quiere que la vea así. No quiere verlo así tampoco. Piensa en él de vez en cuando. Lo ha buscado a veces en Facebook, pero nunca lo encontró. Creía que algún día iba a verlo en una película o en un programa de televisión. Podría ser más fácil ignorarlo, pero tiene que decir algo; seguramente él va a reconocerla.

—Horacio —susurra ella.

Horacio voltea para verla directamente, sorprendido al escuchar su nombre. Fuerza la vista para identificarla, no puede imaginar que esta bella chica lo conoce. Enseguida, siente un rubor y una sonrisa nerviosa atraviesa su cara.

—Gabriela, ¿eres tú? —responde tímidamente.

Los dos habían sido inseparables por los dos años que salieron. Eran la pareja más popular de su prepa; ella, la más guapa y él, guapo y extrovertido. Él iba a ser actor, pero apenas se esforzó. Ella fue a la UNAM, pero nunca se graduó, en cambio conoció a Chava. ¿Por qué se separaron? Quién sabe, no pueden recordar. Tal vez, simplemente las cosas habían seguido su curso, o quizá, buscaban algo mejor. Eran jóvenes y tenían grandes expectativas. Nunca se dieron cuenta de cuán importante era una relación como la suya. Todavía los dos consideran aquellos sus mejores años, pero parecen como un sueño perdido ahora.

En este momento se sienten igual; llenos de alegría, vencidos por la vergüenza. Alegría por ver a un amigo verdadero de hace mucho tiempo, vergüenza por estar donde están en sus vidas, por no haber hecho más. Mientras salían, tenían todo, estaban en el camino hacia el éxito. Qué pasó después, nunca lo entenderán.

Para Horacio, es difícil aceptar que la chica que había conocido, una chica joven, inocente, linda, se hubiera convertido en esta mujer; sí, todavía muy guapa, pero formal, cerrada y triste. No parece la misma persona. No sabe lo que debería decir, por el momento está congelado por la sorpresa. Mira a Gabriela. Aunque tiene un aire de tristeza, se ve más guapa que nunca. Aparentemente, también es rica; vestida así, yendo a fiestas en el Four Seasons, viviendo en Polanco. Qué horror que lo vea de esta manera, en su taxi, completamente pacheco, vestido de manera tan casual. Claro, ella tiene el éxito con el que él sueña.

Gabriela espera que Horacio diga algo, él siempre sabía qué decir. Claro, tiene temor de admitir su situación.

—¿Cómo has estado? —dice Horacio, luchando por hablar directamente y conducir en tráfico pesado al mismo tiempo. El sentimiento de familiaridad se desvanece rápidamente, y enseguida siente que está hablando con una desconocida.

Gabriela siente inseguridad en la voz de Horacio y se pone aún más nerviosa.

—Estoy bien, ¿cómo estás? —dice ella con una sonrisa forzada.

—Bien también —responde Horacio.

Sigue un momento de silencio incómodo. No lo saben, pero los ojos de ambos se posan en el Castillo de Chapultepec, una visión iluminada arriba en la distancia. Aunque no pueden distinguir los detalles, su belleza y potencia los abruman.

—¿Todavía estás en contacto con alguien del grupo? —tan pronto como las palabras salen de su boca, Horacio las lamenta. Le está hablando como si fuera un conocido, en lugar del ex amante que es.

–No, no he sabido de nadie desde hace mucho tiempo, ¿y tú? —sigue Gabriela.

Horacio, con una intención de cambiar el tema, dice:

—No, ahora tengo un grupo de amigos completamente nuevo —e inmediatamente se pregunta de cuáles amigos está hablando, porque no tiene ninguno. Horacio enseguida nota su anillo de diamantes.

—Entonces ¿estás casada? —dice mirando su mano.

—Sí, me casé hace 15 años —dice ella, y añade abruptamente—. Mi esposo está viajando por negocios.

No sabe por qué mintió, por qué tuvo que inventar una excusa. Bueno, si se preguntara un poco, lo sabría. Está dispuesta a decir cualquier cosa para evitar la verdad de su vida.

—Oh, ¿tienes hijos? —pregunta Horacio ahora como si estuviera haciendo inventario, como si estuviera entrevistando a una persona que no quería decir nada.

—Todavía no, estamos esperando el momento correcto –responde ella cómo le respondería a una conocida en el supermercado—. Entonces ¿eres un taxista? —dice Gabriela para cambiar el tema.

—Oh sí, pero sólo para pagar las cuentas, todavía soy actor principalmente. Sigo luchando, pero voy a avanzar, vas a verme en los escenarios algún día —responde torpemente Horacio.

—Oh, sí, entiendo, no les pagan mucho a los actores —Gabriela piensa en cuán sencilla, tranquila y segura sería la vida de un taxista.

—Te ves guapa, Gabriela, aún mejor que antes.

Horacio finalmente dice algo que siente, pero las palabras no resuenan con Gabriela, que en este momento no se siente guapa. Ella apenas puede responder con un "Gracias".

Horacio gira del Paseo hasta una calle interna. El castillo desaparece. El barrio está oscuro y vacío. Los dos siguen luchando con la conversación que es más formal y rígida de lo que esperaban. Horacio frena frente al departamento de Gabriela y voltea para verla directamente. Está casi hipnotizado por su belleza, pero paralizado por su falta de familiaridad.

—Fue bueno verte —dice Horacio, pensando que quiere verla de nuevo, quiere hablar con ella realmente pero no puede encontrar las palabras.

Gabriela se da cuenta de que debería pagarle y le da la tarifa. Horacio, sintiendo fuertemente que no quiere hacerlo, toma el dinero y lo mete en su bolsillo de todos modos. Mientras Horacio hurga para agarrar su cambio, ella le dice que lo guarde. Se sienten aún más extraños.

Gabriela, sin palabras, baja del taxi. Horacio quiere bajar, pero está pasmado, no está seguro de que Gabriela quiera hablar más. Ella, a través de la ventana, menciona:

—Deberíamos vernos algún día.

A Horacio le suena vago. Claro, ella tiene su vida y no quiere que alguien del pasado la moleste, especialmente un taxista.

—Si, algún día —responde Horacio, sin evidencia de su desesperación. Gabriela siente que Horacio tiene una vida libre y feliz, ella sólo echaría a perder su tranquilidad.

—Gracias por traerme —dice ella con otra sonrisa nerviosa.

—De nada, Gabriela —Horacio se esfuerza por decir su nombre.

Gabriela voltea y empieza a caminar hasta su edificio, temiendo abrir la puerta de su departamento frío y vacío. Horacio la mira, esperando que ella pare y regrese por el abrazo que quiere darle. Sin notar una pista de esperanza, aprieta el acelerador mientras estrangula el volante con sus puños. Gabriela oye el taxi mientras su examante se aparta, vacila, quiere gritarle, decirle a Horacio que quiere estar en sus brazos, pero no hace nada.

Roy Phelan

Hogar, dulce hogar

La ancianita se sentaba en su silla favorita, en una esquina cerca de la ventana de su pequeño departamento, concentrándose en su proyecto. A su lado, cristales de escarcha encuadraban el vidrio de la ventana detrás de las cortinas gastadas y obstaculizaban una bella vista del jardín cubierto con nieve fresca. Empujó firmemente la aguja que sostenía entre sus dedos a través de la tela, justo en el lugar correcto, luego pasó su mano por debajo de ella, agarró la aguja desde ese lado y tiró de ella continuamente hasta que el hilo se apretó. Volteó la tela y el bastidor que la sostenía, y repitió el proceso desde el otro lado. Sus manos temblaban, pero no impedían su tarea. No lograba recordar cuándo empezó a practicar su artesanía, parecía que había estado haciéndolo desde el comienzo de los tiempos. Había algo en la repetición de este acto que la atraía, que le daba calma y que la mantenía ocupada. ¿Qué podría ser mejor que hacer el mismo acto una y otra vez hasta que una bella obra de arte aparezca? Bueno, quizá obra de arte era una exageración, pero a ella siempre le había gustado mucho la frase "Hogar, dulce hogar". La hacía feliz, le recordaba el hogar de su infancia e iba a colgarlo, cuando estuviera terminado, en la pared al lado de su sillón para poder verlo en cualquier momento del día. Sonrió suave y dulcemente al pensarlo.

Sin dejar de trabajar, echó una mirada a la foto de una chica linda posada en la mesita a su lado. La foto era vieja, estaba en blanco y negro y un poco deteriorada. Aunque la jovencita le era vagamente familiar, no podía recordar quién era, ¿quizá una sobrina suya? Seguramente reconocería a una nieta. ¿Acaso vino con el marco? A pesar de que no la conocía, disfrutaba mirarla porque lucía tan linda y orgullosa de su vestido, obviamente recién comprado. Sentía envidia de sus piernas, porque eran delgadas y todavía bien proporcionadas, a diferencia de las suyas que eran pálidas y sin forma, y que siempre quería esconder debajo de pantalones o vestidos largos, incluso cuando tenía la misma edad que ella. La chica también lucía una sonrisa que iba de oreja a oreja; era la sonrisa de una persona completamente feliz y sin inhibiciones. Muchas veces no podía evitar sonreír también. Al mismo tiempo, lamentaba mucho su juventud porque, a diferencia de ella, no solía sonreír mucho.

La distrajo de sus pensamientos el sonido de la puerta abriéndose. Era su hija, que llegaba todas las mañanas con su desayuno de avena, fruta enlatada y pan tostado. Amaba su visita al empezar el día, se emocionaba al verla cada día.

—Buenos días, Señora —exclamó después de dejar la bandeja mientras abría las cortinas. La palabra "señora" nunca sonaba bien en la boca de una hija, pero no le decía nada, no quería arruinar los momentos preciosos que pasaba con ella—. Es la hora de tomar su medicina —le dijo mientras le pasaba un vaso de jugo de naranja y cuatro pastillas, cada una de una forma diferente. La ancianita las tragó obedientemente. La dulzura del jugo bañando su garganta se sintió bien.

—¿Dónde están mis patines? —dijo a su hija, que parecía no escuchar. Qué bueno sería patinar este día. Hacía frío y el aire estaba claro y fresco afuera, casi podía sentir sus mejillas enrojecerse. Todavía recordaba los domingos cuando iba con su familia a la pista de hielo en el centro de su pueblito. Bailaba con su papá sobre el espejo helado cada vez que se emitía una cierta canción, su favorita de siempre, Sentimental Journey. Había un chico que veía, un chico que realmente sabía patinar bien. Le gustaba presumir sus habilidades a todo el mundo. A veces, le sonreía; aquella sonrisa tenía mucha confianza, se deleitaba al sonreír a las chicas. Nunca lo conoció directamente, pero su imagen todavía estaba clara en su mente. Se sonrojó al recordar vívidamente a ese muchacho de su infancia.

Qué curioso es el contraste que hay entre los jóvenes y los mayores. Mientras somos jóvenes, pasamos todo el tiempo preocupándonos por el futuro, y cuando somos mayores, perdemos nuestro tiempo añorando el pasado. Supongo que, cuando dejamos de soñar sobre el futuro y empezamos a recordar más los viejos tiempos, es el momento en que nos convertimos en personas mayores. Qué lástima que nunca le prestemos atención a la única cosa que realmente tenemos, el presente.

—La veo más tarde, Señora, cuando le traiga el almuerzo.

Con eso su hija se fue tan rápido como llegó, debía haber estado ocupada. La viejita deseaba sentarse junto a ella con una taza de café, hablando y rememorando viejos tiempos. Cuánto la extrañaba. Pero, ¿cómo puede ser? ¿No acababa de verla?

Ahora, tenía todo el día ¿Qué iba a hacer? Claro, tenía que terminar su proyecto. Si no se enfocaba en él, no completaría su misión. No podía esperar a colgarlo en la pared. Entonces, se perdió en la labor hipnotizante de empujar y jalar la aguja. Siguió bordando hasta quedarse dormida.

Su comida apareció enfrente de ella abruptamente.

—¿Dónde está tu papá? —preguntó, esperando ver a su hija Lily, pero se dio cuenta de que no reconoció a la persona que ponía la bandeja en su mesa.

—¿Dónde está Lily, que está pasando? —se impacientó la anciana.

—Soy yo, Annette, le traigo su comida, señora —se lo repitió, como se lo había dicho miles de veces antes y luego se fue.

Esa confusión aumentó sus latidos, empezó a sudar y tuvo que presionar sus manos contra su pecho para mantener la calma. Respiró profundamente, en un débil esfuerzo por controlar su cuerpo. Apartó su comida, no quería comer nada. No estaba segura de dónde estaba, nada le era familiar. Empezó a mecerse adelante y atrás, quizá ese movimiento rítmico la tranquilizaría.

Después de unos minutos, el episodio pasó; como habían pasado todos los episodios anteriores. No se lo dijo a nadie ¿A quién le habría importado? Buscó la aguja y volvió a su proyecto ¡Qué bonito iba a quedar! El sol había derretido la escarcha en la ventana, exhibiendo el chispear de la nieve expuesta a sus rayos calientes.

Después de ser regañada por no comer, decidió que era la hora de dormir. Lenta y trabajosamente, se desnudó y se puso su pijama, aquel tan cálido y suave, el que tenía un patrón de unicornios. Se subió a la cama, jaló la manta hasta justo debajo de su mandíbula, cerró los ojos y se durmió. Dulce, profundo sueño, ¿qué podría ser más pacífico? Si tan sólo pudiera dormir para siempre.

Descansó bien esa noche, ya no le preocupaba el futuro ni el pasado.

La tonalidad de do

Era invierno y la nieve aleteaba perezosamente hasta aterrizar sobre el pavimento, donde se derretía de inmediato. No hacía mucho frío; las nubes grises formaban una manta abrigadora que cubría todo, mientras ocultaban el sol y resguardaban a la gente del viento. Reinaba la tranquilidad en este pueblito en medio de la nada. Los padres manejaban sus coches cuidadosamente entre los callejones, algunos de camino a su trabajo y otros llevando a sus hijos a la escuela. Era un día cómo todos los demás, no había ni una sola diferencia.

Javicito era un estudiante promedio. Estaba en el segundo grado y ya podía leer, bueno, si las palabras no eran tan largas. Le gustaba leer;

La oruga hambrienta y *Buenas noches luna* estaban entre su lista de favoritos. Los otros temas, como las matemáticas y las ciencias no le interesaban mucho, pero siempre estaba listo para aprender algo nuevo. Tampoco le gustaban los deportes, estaba claro que, para Javicito y todo el mundo que lo conociera, no se convertiría en un atleta. No, Javicito solo tenía una pasión en su vida, la música, y estaba a punto de dar su primer paso hacia ella.

Javicito caminaba a su escuela todos los días; sin importar el clima, Javicito caminaba. Ese día daba cada paso con cuidado, porque llevaba el nuevo abrigo que su mamá le había comprado y no quería ensuciarlo. Lo hacía feliz llevar cosas que a su mamá le gustaban, sabía que ella lo amaba mucho.

De camino a la escuela, Javicito se encontró con dos niñas del tercer grado, Luna y Stela. No eran hermanas, pero casi nunca se las veía separadas. Javicito les susurró débilmente, porque no las conocía muy bien:

—Luna, me gustan tus botas. Son lindas.

Eran brillantes y rosadas y estaban de moda entre las niñas del pueblo. Sin responder, las dos apuraron su paso, riéndose tontamente, hasta que Javicito no pudo alcanzarlas. Javicito sonrió. Qué bueno que su comentario las hizo reír; le gustaba hacer que otras personas se sintieran bien. Quizá las buscaría para almorzar con ellas más tarde. Seguramente les caería bien después de haberles echado un cumplido así.

Pasó por la casa de la Señorita Müeller. Ella vivía en una casita bonita con un jardín que mantenía con esmero. La casa estaba rodeada completamente por una cerca del mismo color de su casa: blanco puro. Javicito ya había conocido a la Señorita, era una tutora de música con quien pronto iba a tomar clases de piano. Tomar clases de piano era idea de sus padres, pero Javicito se emocionó mucho una vez se lo dijeron. Se preguntaba con frecuencia cómo iban a ser. Ya había escuchado mucha música, sus padres siempre ponían música clásica en la casa y, aunque nunca lo decía, a Javicito le encantaba. Escuchaba cada nota hasta que anticipaba la próxima. Le fascinaba adónde la música podía llevarlo; cambiando su humor, emocionándolo o haciéndolo sentir triste, dependiendo de cómo las notas se movían arriba, abajo y alrededor. Aunque no había letra en las canciones que le gustaban más, siempre le contaban una historia, siempre enviaban mensajes, estaban ocultos entre las notas y solo quienes escuchaban atentamente, como Javicito, podían descifrarlos.

Mientras tarareaba una composición de Ravel, caminó directamente hasta el frente de la cerca de la Señorita Müeller donde, de pronto, un perro grande en el jardín empezó a ladrar ferozmente. El animal se acercó a la cerca tan rápidamente, que Javicito estaba seguro de que iba a saltarla, atacarlo y matarlo. Congelado, aceptó su muerte. Decidió morir con dignidad para ser el héroe que estaba destinado a ser. Pero el perro, un pastor alemán grande, sólo siguió salivando y ladrando fuertemente. Javicito se apuró y pasó por la casita temblando. ¡Qué horror! ¿Por qué se enfureció tanto? Javicito no lo entendió. Seguro lo había confundido con otra persona, quizá un ladrón o, el archienemigo de los perritos, el cartero. Ciertamente, este perro no quería hacerle daño, un niño completamente inocente. A Javicito le gustaban los perritos, aunque sus padres nunca le permitieron tener uno.

Una vez recuperado del susto, pero todavía algo conmocionado, Javicito llegó a la escuela. Se sacó las capas de ropa que su mamá insistía que llevara durante los inviernos, cambió sus botas por sus zapatillas y tomó su lugar en la clase. Su escritorio estaba en la primera fila, qué suerte tener un escritorio directamente enfrente del maestro; a menudo se preguntaba si lo merecía. Como tenía la costumbre de no siempre estar preparado, revisó sus cosas y encontró que todo estaba listo para el aprendizaje. Javicito no podía esperar que su maestro empezara a enseñar.

Después de pasar la mañana en clase entró al comedor para almorzar, e inmediatamente buscó a Luna y a Stela. Desafortunadamente, encontró que ya estaban en medio de un grupo de chicas, quizá se sentaría con ellas otro día. Normalmente los chicos se sentaban en los mismos grupos todos los días. ¿Por qué? Javicito no lo entendía bien, pero obviamente era afortunado de poder sentarse y comer en cualquier grupo que quisiera. Ese día se sentó al lado del grupo de chicos que jugaba fútbol. Ellos casi no notaron que Javicito apareció a su lado, hasta que uno mencionó que le gustaba su lonchera de Coco. Los otros chicos rieron. Javicito no comprendió el porqué de las risas y aceptó el elogio. Claro, estaba orgulloso de su lonchera de Coco; era, por mucho, su película favorita.

Se fue de la escuela a la hora de siempre. Mientras se acercaba a la casita de la Señorita Müeller, al principio no pudo ver al perro despiadado que casi lo había atacado por la mañana. Pero tan pronto como pisó enfrente de la cerca, el monstruo apareció corriendo y ladrando tan ferozmente como la vez anterior. Esta vez Javicito lo miró, todavía tenía miedo y temblaba, pero sabía que no correría más rápido que este animal aparentemente no domesticado. Si el perro hubiera querido saltar la cerca, algo que lograría sin esfuerzo, habría sido el fin de nuestro cuento. Pero no pasó, el perro se detuvo, siguió ladrando y mostrando sus dientes al inocente Javicito, como si fuera un invasor terrible. Javicito se fascinó con el perro. ¡Qué fuerte y feroz! Tenía el cuerpo como el de un felino, pero más grande y musculoso. Su única debilidad, al parecer, era que no podía controlar su saliva, estaba babeando por todas partes. Obviamente, Javicito todavía tenía miedo, pero a pesar de su mal humor, tenía que admirar a ese animal impresionante que le causaba una sensación que no podía explicar.

Llegó a casa y fue corriendo hasta su mamá, la abrazó fuertemente aplastando su cara contra su pecho. Después de separarlo con un empujón no muy débil, su mamá le dijo:

—Javier, tienes tu primera clase de piano mañana después de la escuela. Debes ir directamente a la casa de la Señorita Müeller.

Javicito quedó atónito, fue vencido por la emoción y el miedo al mismo tiempo. Había deseado saber tocar el piano por mucho tiempo, podía tocarlo bien en sus sueños. Sus padres ya le habían hecho tomar clases de ritmo antes. Era una clase muy sencilla ¿quién no podría entender la diferencia entre notas redondas, blancas, negras, corcheas, semicorcheas y fusas? Eran cosas que casi todo el mundo sabía desde la cuna. Ya estaba listo para tocar su primera nota. Pero, ¿cómo iba a lidiar con el perro de ataque que protegía la casita de la Señorita Müeller? ¿Qué iba a hacer? Respondió a su mamá débilmente, porque sabía que a ella no le gustaba cuando se quejaba.

—Mamá, hay un perro en su jardín y... —Javicito perdió la oportunidad, su mamá ya estaba en otros asuntos.

Pasó la tarde practicando los ritmos que había aprendido porque, claro, quería estar listo para su clase. Durmió bien esa noche. En la mañana, Javicito se despertó, se bañó y se vistió como si fuera un día cualquiera. Pero no era un día normal. Era el día en que iba a tocar el piano por primera vez, era el día, posiblemente, más importante de su vida. Su mamá ya había preparado su avena. A pesar de que ya estaba fría, líquida, y quizá un poco aterronada, la comió y luego buscó rápidamente a su mamá para hablar con ella sobre el tema del perro, pero ya estaba en su oficina. Tocó ligeramente a su puerta.

—Javier, estoy trabajando, vete a la escuela y no olvides tu clase de piano, la Señorita Müeller te estará esperando —gritó su mamá severamente a través de la puerta cerrada.

Javicito se dio cuenta de que este día era importante, que debía afrontar sus miedos y manejarlos como si fuera al menos un chico del sexto grado. Respiró hondo y se fue.

Camino a la escuela, tuvo otro incidente enfrente de la casita donde iba a ser su clase de piano; el perro ladró, casi lo atacó, pero otra vez se quedó en el jardín. La ponzoña del animal lo asombró, aunque Javicito se había acostumbrado un poco al perrito, siempre y cuando se quedara detrás de la cerca todo iba a estar bien. Todavía no sabía cómo iba a entrar a la casita por la tarde. Seguramente, la Señorita Müeller lo ayudaría.

El día en la escuela pasó tranquilamente. Los chicos se emocionaron porque había estado nevando todo el día, no podían esperar para jugar en la nieve fresca. Javicito soñó despierto mirando afuera por la ventana, imaginando la canción que los copos de nieve tocaban mientras flotaban ligeramente hasta la tierra. Fue a almorzar, se sentó solo, perdido en sus pensamientos y emociones. Quizá alguien lo notaría y se sentaría cerca de él, ese día en que necesitaba a alguien, más que los otros días. Pero no pasó, seguramente los otros chicos estaban demasiado emocionados con la nieve.

La hora llegó, la campana sonó y su última clase terminó. Javicito necesitaba hablar con alguien sobre su aprieto. Se acercó a su maestro, pero otros estudiantes estaban hablando con él. De todos modos, ya lo había regañado tres veces durante el día por no prestar atención, así que, finalmente, decidió no hablar con nadie. Tuvo que irse y enfrentarse a la situación él solo.

Mientras caminaba hacia su clase de piano, Javicito sacó su lengua y la sostuvo fuera de su boca en un intento de agarrar unos copos de nieve. Javicito amaba todos los tipos de nieve; esponjosa, helada, medio derretida, crujiente, crocante, no le importaba su forma. Su juego lo distrajo un poco, pero pronto llegó a su destino. Cerró sus ojos antes de pisar el frente de la casita, y por un momento sólo hubo silencio. Quizá el perro guardián se había ido o estaba en su jaula; a fin de cuentas, la Señorita sabía que él llegaría en cualquier momento. Pero, en el momento en que abrió los ojos el perro apareció, ladrando y gruñendo tan fuerte como el primer día que lo había visto.

Con mucho miedo, Javicito se acercó a la cerca y se detuvo. El perro se volvió aún más rabioso. Apenas podía tocar la cerca, menos aún abrirla. No sabía qué hacer, entonces empezó a gritar

—¡Señorita Müeller, Señorita Müeller!

Después de un rato, la puerta de la casa se abrió y la Señorita asomó su cabeza y gritó, sobre el ladrido incesante del pastor alemán:

—Ven, ven Javier, estoy lista.

Luego, dejó la puerta abierta y desapareció.

"¿Por qué no me ayudó?", se preguntó Javicito. Probablemente, tenía que prepararse para la clase. Pero, ¿qué iba a hacer? Simplemente, decidió que tenía que entrar. No podía enfrentar a su mamá sin haber asistido a su clase, se enojaría mucho con él. Era algo que sólo había pasado algunas veces antes en su vida, y Javicito no quería que volviera a suceder, la amaba mucho.

Temblando tremendamente, tocó la puerta de la cerca. ¡El perro se enfureció! Javicito cerró los ojos y la abrió. Podía sentir que el perro estaba empujando la cerca mientras seguía ladrando.

—¡Apúrate Javier! —gritó la Señorita sin vacilar, sin darse cuenta del asesinato que estaba a punto de suceder en su jardín.

Eso puso más presión sobre Javicito quien, contra todo el sentido que tenía, empezó a abrir la puerta de la cerca. Javicito tenía que presionarla con su cuerpo para abrirla contra el peso del perro, estaba temblando, sudando, llorando y no podía mirar al perro, su terror lo abrumó. Finalmente, juntó todo el coraje que pudo y pisó dentro del jardín. Esperó su muerte. Javicito imaginó a su mamá, vestida toda de negro y con un velo que cubría su rostro, sollozando sin cesar en su funeral y rodeada de las miles de personas que querían despedirlo. Pero no pasó nada. Javicito, con sus ojos todavía cerrados, pudo sentir un cambio en la actitud del perro; ya no estaba ladrando; no, al contrario, parecía que estuviera jugando.

Todavía tenía demasiado miedo de moverse, cuando sintió dos patas contra su pecho y luego, *puajjj*, una lengua le rozó la cara. ¡Guácala! Su cara estaba mojada con un montón de saliva de perro. Se limpió con su manga y abrió sus ojos. El perro estaba rebotando de un lado al otro ¡Quería jugar! Iba de un lado al otro, solo interrumpido por saltos sobre el pecho de Javicito. No podía creerlo. Javicito tenía un nuevo amigo, y perdonó al perro inmediatamente, sin ninguna explicación. Empezó a sonreír e iba a jugar con él, pero en seguida escuchó de nuevo el grito familiar de la Señorita.

—Javier José Pérez García, si no entras a esta casa inmediatamente, voy a cancelar la clase y llamar a tu mamá.

Javicito corrió limpiando las lágrimas de sus ojos, con su nuevo amigo en sus talones, hacia la casita.

La señorita Müeller era soltera. Lo que más impresionó a Javicito es que fuera dueña de su propia casa. Era una persona seria también, nunca la había visto sonriendo, ni siquiera una vez. Dentro de su casita, todo estaba ordenado y limpio. Javicito, que nunca había estado adentro, notó que no había mucho arte en las paredes y, francamente, tampoco había muchos muebles. La casita era casi estéril y se veía muy blanca, las paredes y toda la madera estaban pintadas de blanco, incluso algunos de los muebles eran blancos también. A Javicito le pareció que estaba en un hospital.

Sin pensar mucho, Javicito dijo a la Señorita que su perro era grande.

—Oh, sí, es dulce, ¿no? —comentó ella, claramente orgullosa de su bebé e ignorante del terror que había provocado solo cinco minutos antes. Javicito respondió:

—Sí, es dulce. ¿Cómo se llama?

—Su nombre es Sargento —mencionó la Señorita.

Javicito sonrió. ¡Qué buen nombre para uno que protege su casa tanto!

La Señorita Müeller tenía un piano de cola. Era negro, grande y, en la imaginación de Javicito, amenazante. Estaba ubicado en el medio de la sala más grande de la casa. Un piano negro y grande en medio de una sala que, de lo contrario, era completamente vacía y blanca. Era una isla de negro en un mar de blanco.

—Siéntate aquí —exigió a Javicito la Señorita, ya sentada frente al piano, mientras daba palmaditas al banco a su lado.

Javicito, ahora más nervioso que antes, se sentó a su lado y, siguiendo sumisamente a su nuevo amigo, Sargento se acurrucó a sus pies. Javicito miró maravillado este instrumento grande e impresionante. ¿Se atrevería a tocarlo? ¿Por qué merecía tocar este instrumento, obviamente muy caro, grande y delicado? Seguramente era indigno. Aunque sabía que no le haría daño, tenía tanto respeto por este instrumento grande y negro, que rayaba en el terror.

—Javier, hoy vamos a aprender la escala mayor en la tonalidad de do —empezó la Señorita.

Javicito apenas podía contenerse. No sabía qué era una escala mayor, menos aún en la tonalidad de do, pero no podía esperar a aprenderla. Estaba tan listo que se sentía como si fuera a explotar. Luego, la Señorita tocó una nota, luego otra, una tercera y continuó por siete notas, cada una con un dedo diferente. Cada nota sonó precisamente como debería sonar, siguieron una secuencia que, para Javicito, tenía sentido. Cada nota tenía su lugar, rodeada por otras notas, haciendo una armonía perfecta. Sin pretenderlo, Javicito entendió. Una escala era una secuencia perfecta de notas.

—Mira mis dedos —exclamó ella abruptamente.

Las palabras sacaron a Javier de su trance. La Señorita tocó la escala otra vez. Con una intensidad que nunca había experimentado, Javicito miró sus dedos. Notó cuáles teclas presionó, cuáles dedos usó y cómo las tocó. "Ella debe ser una experta", pensó Javicito, "Toca cada nota con tal precisión que el tono de cada nota es perfecto". Javicito estaba sudando, se retorció en el banco. La Señorita tocó la escala algunas veces más. Javicito, sostuvo sus manos en el aire e imitó lo que estaba haciendo su maestra. Ella notó la profundidad de la concentración de Javicito y cambió su tono.

—Inténtalo tú mismo —le sugirió dulcemente. Quería ver si podía hacerlo, estaba impresionada por el trance en el que él parecía estar.

Javicito vaciló un momento, tuvo que superar su temor. Puso sus dedos en el aire e imaginó que estaba tocando las teclas; Do, re, mi, fa… contó las notas en su mente. Luego, lo hizo en voz alta, cantando todas las notas en el tono perfecto. "Bueno, listo, el momento ha llegado", se dijo a sí mismo. Posicionó sus dedos sobre las teclas correctas y miró a la Señorita buscando su confirmación; ella asintió con la cabeza. Una vez su primer dedo tocó la primera tecla, a Javicito lo invadió una sensación de calma, su cuerpo se relajó, y con un balanceo sutil, para darse un poco de ritmo, tocó la primera nota, Do. Para su sorpresa, sonó perfecta, pero no hubo oportunidad de celebrar porque las otras notas siguieron, una después de la otra, en una secuencia mágica de notas gloriosas. ¡Qué maravilloso! Pensó nuestro héroe, las tocó perfectamente. Miró a la Señorita, que casi le devolvió su sonrisa contagiosa, pero en lugar de eso, siguió con la lección.

Javicito era un músico nato, pudo tocar inmediatamente todo lo que la Señorita le enseñó, algo que a ella también la sorprendió mucho porque nunca había tenido un estudiante con ese talento. Después de la clase, Javicito se puso su suéter, su abrigo y botas y pasó por el jardín, con Sargento bailando felizmente a sus talones. Tan pronto como salió por la reja y la cerró, su amigo otra vez empezó a ladrar y gruñir tan ferozmente como las veces anteriores. Pero esta vez, Javicito se enfrentó a su nuevo compañero canino y, agitando su dedo en el aire, le dijo:

—Oh Sargento, ¡no seas tonto! Somos amigos ahora, y nunca me harías daño.

Con eso, nuestro músico infantil se volteó y se fue saltando sobre la nieve blanca recién caída.

Siguió por la calle sin una sola preocupación. Por casualidad, se encontró a Stela y a Luna en el camino y exclamó maravillado:

—¡Stela y Luna! ¡Juntas otra vez! ¡Qué sorpresa! ¿Cómo están?

Las dos pararon sin poder decir una palabra, nunca habían escuchado a Javier hablar así. La emoción y confianza en su voz, evidentemente, las agarró desprevenidas. Luego, apuntó su dedo directamente a Luna y le dijo:

—Y sinceramente, amo tus botas Lunita.

Las dos niñas se quedaron asombradas.

Y así, siguió su camino nuestro Javicito, sus botas apenas tocando la nieve, corriendo hacia su casa. No podía esperar a hablar con su mamá sobre sus dos nuevos amigos, la Señorita Müeller y el pastor alemán Sargento y, aún más importante, sobre el nuevo amor de su vida, el piano.

Roy Phelan

El paseo

El hombre camina a través del parque hasta el río de su niñez. Es un lugar familiar, aunque no ha estado aquí desde hace mucho tiempo. ¿El parque es más pequeño, los árboles son más grandes? Tiene que reconciliar lo que ve con la imagen en su memoria. Se siente bien esta noche, parece que los dolores de los últimos años ya no existen. Incluso siente que puede correr, algo que no ha hecho en mucho tiempo. Sin embargo, sabe que no es una buena idea y sigue disfrutando su paseo casual. No tiene prisa. Si tan solo pudiera sentirse así siempre.

Recuerda sus días jugando con sus amigos en este lugar; capturar la bandera y fut-beis son los juegos que primero le vienen a la mente. Casi puede oír los gritos de sus colegas del pasado distante. Esos días están lejos, pero quizá fueron los más felices de su vida. ¿Qué fue de sus amigos, aquellos con los que perdió contacto hace una vida? Siente que podrían aparecérsele ahora mismo y no lo sorprenderían. Se siente cercano a su juventud en este lugar, pero tiene que cerrar los ojos y meditar para darse cuenta de que el niño en su memoria es en realidad él, que no es otra persona. Han pasado muchos años, quiere recordar y disfrutar cada momento de estar aquí.

Mientras se sienta en la única banca cerca de la orilla, nota que sus zapatos no se mojaron después de caminar por el césped bañado por el rocío de la noche fresca. Mira hacia arriba y ve que la luna, que esta noche sólo es un haz de luz, está a punto de ser cubierta por una nube solitaria que se desliza a través del cielo. La noche le parece radiante y mágica.

No fue fácil ser niño en su hogar; sus padres eran exigentes, estrictos y distantes. No siempre estaba a la altura de sus expectativas. Se dio cuenta desde muy joven de que tenía que buscar elogio y atención en otro lugar. Nunca se quejaba, las cosas simplemente eran así y las aceptó, anhelar algo más o diferente hubiera sido un desperdicio. Siempre hacía lo que podía, porque sabía que era responsable de cómo se sentía. Pero aquí, en el parque, todo estaba bien. Los amigos de su niñez lo aceptaban como era. Sí, se burlaban de él y de los demás, pero nunca los tomaba en serio y, bueno, más de una vez lo merecía. Era una parte de ser niño y recibir la atención de los demás; aunque a veces no fuera buena, era mejor que nada. Sin eso, la soledad podría haberlo matado.

Su mirada se dirige al río, el centro geográfico y espiritual de su pueblo. No es grande, es tamaño promedio, pero aun así lo respetaba. La corriente es constante y profunda, una vez capturado en sus garras, sería difícil escapar; te llevaría hasta el océano, que no está muy lejos. Nunca nadó en sus aguas, nunca sintió su frialdad. Hasta en el invierno, cuando estaba cubierto por hielo, tenía miedo de caminar a través de él. Bueno, de todos modos, nunca quería ir al otro lado. Es cierto que, en la imaginación de su juventud, era un país extranjero y exótico. El mundo de los niños puede ser pequeño, principalmente de su propia creación. Se pregunta por qué el río desea tanto alcanzar su destino, el océano, sólo para desaparecer en su inmensidad. Algo tan único, bello y fuerte no tiene otro propósito más que trabajar hasta desaparecer. ¿Y dónde está la fuente? Nunca se preguntó por su fuente. Siempre confió en que habría más agua. De dónde, no sabía.

Sus pensamientos van hacia su papá. Su padre era un hombre exitoso fuera de la casa, pero callado y gruñón entre su familia. Lo máximo que podía esperar de él, era una mirada o un grito de desaprobación. Aunque siguió sus huellas, nunca compartieron nada, nunca hablaron realmente. Cuando era niño, asumió dócilmente que su papá era así, que nunca se involucró en las vidas de sus hijos, que parecía que no le interesaban.

Pero como adulto y también padre, entendió cómo se sentía su papá, porque él se sentía igual. La diferencia estaba en que era consciente de la distancia con su familia. Aunque no se sentía muy diferente, se comportaba diferente: jugaba con sus hijos, hablaba con ellos. ¿Fingía? Quizá, pero fingir es mejor que lo que hizo su padre. Es una duda que siempre ha tenido, ¿eran sus sentimientos reales? Muchas veces se sentía como otras personas creían que debía sentirse. Resultaba difícil distinguir lo que era real y lo que era cubrir las expectativas de los demás. Odiaba conformarse.

Ahora la luna está cubierta completamente por la nube. Puede ver un poco mejor los millones de estrellas desde este lugar donde no hay luz artificial. Se enfoca en una; es un punto de luz minúsculo, pero brillante, rodeado por la oscuridad infinita del cielo negro. Piensa con asombro que esta luz, estos fotones, han viajado millones de años sólo para llegar a sus ojos, sólo para adornar su vista del cielo. Hace que se sienta el centro del universo, que todos sus rayos se enfocan en él.

¿Qué le importa en este momento tan íntimo, sentado en la banca, mirando el río? ¿Su carrera, que demandó su atención por tantos años? ¿Sus pasatiempos, que inspiraban tanta pasión? ¿Los hombres que decían ser sus amigos? Quizá son las muchachas de su vida, las que besó y las que nunca se atrevió a besar. No hay muchas en su pasado, pero las que hubo le dieron momentos importantes, momentos que le hicieron sentirse más vivo que nunca. Lo que le viene primero a la mente es la mañana cuando tenía veinte años y se despertó al lado de una amiga cercana después de pasar la noche juntos en la playa. Los dos abrieron los ojos al mismo tiempo, estrechándose la mirada como si estuvieran conectados. El momento está congelado en su memoria. Casi puede olerla, el recuerdo de su aroma lo intoxica. Por años, lamentó no besarla, pero ahora solo atesora ese instante, no lamenta nada. Para él, ella representa la vida salvaje, el riesgo que nunca tomó. Ni siquiera sabe si fue un acto de madurez o de cobardía. Nunca sabrá. De hecho, las respuestas a estas preguntas no le importan ahora. Sencillamente, no puede imaginar una vida diferente, haber tomado otras decisiones, ni mejores ni peores. No quiere juzgar.

Claro que piensa en su esposa, la imagen de la primera vez que la vio está grabada en su mente. Una vez bella y excitante, la persona más importante de su vida, quien fue su manta cálida durante tanto tiempo, hoy es un enigma. Una parte inherente de su existencia, no puede separarse o reconocer la dimensión de su importancia, porque nunca tuvo una vida sin ella. Pero reconoce que nunca pudo darle todo. Siempre había una parte de su corazón que luchaba contra la vida sedentaria, que quería tener su independencia. ¿Qué le impidió darle todo? ¿Por qué le echó la culpa? No sabe, pero la impresión de que se estaba perdiendo algo, de que siempre necesitaba más, era constante. Simplemente no podía estar cien por ciento feliz. Era su maldición.

El hombre cierra sus ojos. Quiere percibir cada sensación de este lugar y de su memoria. Cada vez siente menos el aire, los árboles, los destellos de los millones de estrellas y el silencio. Se disuelve en el ambiente y se deja transformar en parte de todo.

Una pareja joven y su hijo caminan en el parque a la orilla del río, disfrutando tranquilamente esta noche especial. El niño ve la banca, una oportunidad clara para la aventura. Corre y salta sobre ella, se declara el rey del mundo. Respira, inhalando una bocanada de aire fresco, pero enseguida un estremecimiento le sobreviene y se apresura a unirse otra vez a la seguridad de sus padres, quedando la banca vacía otra vez, esperando otra generación de niños. Siguen su paseo tranquilo y dejan su pasado atrás.

La Novela

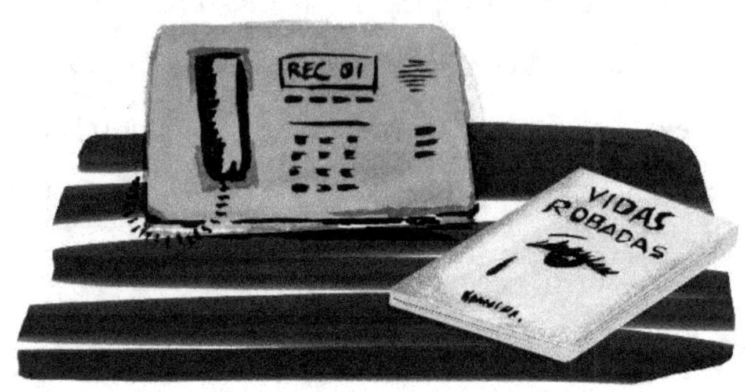

Daniel se despertó de un susto con el sonido de su celular. Se sentó derecho, trató de frotar el sueño de sus ojos y miró su teléfono. Sabía quién era, por el número internacional que apareció en la pantalla. Aunque era quizá la llamada más importante de su vida, se tomó un momento para sobreponerse y pensar en cómo iba a responder. Claro, tenía que parecer feliz y sorprendido, quizá mostrar un toque de humildad sería apropiado también. ¿Por qué no se preparó? Se reprendió mentalmente. Se extendió y agarró su celular, que seguía sonando.

—Hola, buenos días —atendió Daniel, con la voz casi quebrada por la emoción.

Al otro lado, en catalán formal, una persona le dijo:

—¿Señor Daniel Peña Cruz?

—Si, soy yo —respondió Daniel escuetamente.

—Felicidades Señor Peña Cruz, en nombre del ministro de Cultura de España, por el presente acto, le informo que ha ganado el Premio Miguel de Cervantes. Recibirá más información y detalles en el futuro cercano. Gracias y felicidades.

La persona colgó y Daniel ni siquiera tuvo tiempo para agradecerle, menos aún de dar un discurso de aceptación. Bueno, la oportunidad llegaría.

Estaba emocionado. Quería compartir su victoria con su familia y amigos, todos iban a celebrar con él. Pero, casi inmediatamente, sus pensamientos voltearon hacia ella. En realidad, ella era la única persona a la que quería llamar. ¿Cómo le diría? Quizá en su café favorito, el que tiene vista al bosque de Chapultepec. Ella estaría al otro lado de la mesa, vestida con uno de sus vestidos soleros, sandalias, quizá una chaqueta de jean y unos lentes de sol demasiado grandes, pero, de alguna manera extraña, todavía a la moda. Cualquier cosa que llevara parecía a la moda. ¿Cómo puede ser? Daniel mencionaría casualmente, en medio de su conversación, que había recibido el Premio Miguel de Cervantes, como si solo fuera a recoger su ropa limpia de la tintorería. Ella tendría que pensar un momento para procesar lo que Daniel acababa de decirle, luego gritaría en respuesta y lo abrazaría, lo besaría con alegría pura. Era así, siempre estaba más feliz por la buena fortuna de las otras personas que por la propia. ¿Cómo lo celebrarían? A Daniel no le importaba. Un paseo por el parque hablando de cómo podrían desperdiciar el dinero juntos sería suficiente. Quizá comprarían una casa cerca de un lago, pero claro, después de viajar a París. Daniel se despertó abruptamente de su fantasía. Sabía que no podía llamarla y que sería la última persona que querría enterarse de su buena suerte.

Daniel bajó de la cama y caminó al baño en la oscuridad de una mañana de invierno. Se miró en el espejo y su imagen lo decepcionó. Sólo podía ver las canas y las arrugas que se estaban apoderando de su rostro, su pelo que se estaba afinando y también su panza, que se había vuelto más grande. Desgraciadamente, los espejos nunca mienten. Más allá de su panza inflada, se veía más demacrado que nunca. Apagó la luz para no verse a sí mismo tan claramente. ¿Cómo llegó a esto? El día en que debería estar muy feliz por su logro, la extrañaba más que nunca. Creía que se había recuperado de lo que pasó con ella, pero aparentemente no. Qué fácil es engañarse a uno mismo.

Dos años antes, Daniel ya había publicado dos novelas que lograron un mediano éxito, mucho más de lo que su editor esperaba. Ganó suficiente dinero para mudarse del departamento de sus padres al suyo propio, en San Rafael, ni más ni menos. Hasta llegó a ser el preferido del circuito de libros por un rato. Estaba invitado a todas las fiestas literarias y era un orador designado en La Feria del Libro de Guadalajara. ¡Qué buena vida! Pero en los recovecos de su mente, Daniel sabía que prefería el estilo de su vida previa. Prefería esconderse en sus escritos y mirar a la gente desde la distancia. ¿Cómo puedes fantasear con un grupo de personas que conoces desde adentro? Es mucho más fácil y divertido inventar cosas de personas que no conoces. El hombre que lleva la pajarita es un agente de la CIA, ¿no?

Ahora luchaba con su tercera novela, y Daniel ya sabía que solo eres tan bueno como tu última obra. Podía sentir que su nuevo estilo de vida se desvanecía. Tenía un concepto para su libro que le gustaba, pero realmente no podía escribirlo como quería. Estaba frustrado, porque nada igual le había pasado antes. Después de graduarse de la UNAM, sabía que sería escritor. Claro, nunca fue una persona que pudiera mantener un trabajo de 9 a 5. Todo empezó con un comienzo rugiente. Su primera novela ya estaba escrita en su mente antes de presionar una tecla de su laptop y voló de sus dedos. La primera editorial con la que habló, la aceptó y la publicó en poco tiempo. Era un autor publicado a menos de un año de graduarse. Con la ayuda de su editor, su segundo libro casi se escribió a sí mismo. Su publicación sería automática, no tendría que preocuparse sobre si iba a ser publicado o por quién.

Pero después, su fortuna cambió. Su editor le dio una idea para su tercera novela, le gustó el concepto, pero no podía siquiera escribir una palabra. Pasaba horas observando la pantalla, sin emoción, sin hacer nada, enfrente de su computadora. Andaba por la ciudad, mirando la televisión y haciendo cualquier otra cosa para evitar tener que escribir. Fue durante uno de esos paseos que la vio por primera vez.

Andaba por el mercado buscando un lugar donde pudiera almorzar, cuando notó a una muchacha peleando con un cajero automático, y parecía que estaba perdiendo. Era linda y de una edad apropiada; entonces se acercó y le ofreció su ayuda.

—¡Este chingado cajero no acepta mi tarjeta! —casi gritó ella sin mirarlo.

—Quizá si dejas de ponerla en el lugar de donde sacas el efectivo y la pones en la ranura a la que pertenece, sería mejor —sugirió Daniel cautelosamente, sin saber cómo esta chica inestable iba a reaccionar.

Ella pensó un momento, sacudió su cabeza y hombros como un perro, con la intención de reiniciar su cerebro, y luego inclinó su cabeza hacia atrás, sonrió y rio fuertemente. Era una risa sin rastro de vergüenza o inhibición. ¡Qué delicia era esta chica! Le recordó a su playera favorita: "linda pero loca". Daniel tenía que compartir su risa, ambos rieron por un rato y luego ella empezó a hablar. Hablaba naturalmente de por qué necesitaba el efectivo, de que tenía que volver a su automóvil, que estaba estacionado fuera de lugar y de las flores que tenía que recoger para la fiesta de cumpleaños de su abuelo, al que amaba con todo su corazón. Daniel la asimiló, la inhaló, disfrutando cada segundo de su discurso y, al mismo tiempo, se preguntaba si ella se había dado cuenta de que no se habían presentado, que no se conocían.

Terminaron yendo a un café y hablaron por horas. Quién invitó a quién, sería una broma entre ellos por meses. Ella insistiría en que había sido ella, aunque Daniel objetaría y diría lo opuesto. En realidad, sabía que estaba en un sueño y que no podía acordarse de nada claramente. Sólo recordaba su cara, su sonrisa, su energía interminable y su alegría sobre las cosas más pequeñas de la vida:

—¡Qué tierna es esta jarrita de crema! —exclamó ella con el mismo entusiasmo de una persona que acaba de ganar la lotería. Cuando ella pidió una bebida con muchos cambios e instrucciones detalladas, aun el mesero tuvo que sonreír. Después de pedir, le preguntó su nombre.

—Daniel, no seas zonzo, soy Cloe —dijo ella con un tono que indicó que Daniel ya debería haberlo sabido; después de todo, ya eran amigos íntimos. Él no tenía ni idea de cómo ella ya sabía su nombre. Sin embargo, no podía dejar de sonreír. Quizá era el día más importante de su vida. Pero definitivamente era el más feliz.

Obviamente eran opuestos. Daniel era introvertido y ella era más abierta y sociable que cualquier otra chica que hubiera conocido. Cloe se mudó a su departamento en cuestión de semanas, después de que se pusieron de novios. Se acomodaron bien en sus nuevas vidas unidas. Hacían todo juntos, seguían riendo juntos también. Casi inmediatamente, Cloe quiso redecorar el departamento. "Bueno", pensó Daniel, "nunca lo había decorado en primer lugar; entonces ¿por qué no?". Eso los mantuvo ocupados por meses.

Cloe pasaba sus días trabajando, era una analista de marketing para una agencia de publicidad notable en la ciudad. Trabajaba como asistente en las campañas más importantes de su firma, como José Cuervo, Octavia y Armani. Todo el mundo decía que tenía un talento especial y que debería progresar mucho en su carrera, pero tal chisme nunca le había interesado. Aunque era sociable y lista, no tenía intenciones de avanzar más arriba de donde ya estaba. Tenía buenas relaciones con sus compañeros de trabajo y evitaba a los jefes, la última cosa que necesitaba era la atención no deseada de un jefe. Prefería esconderse en su cubículo. Se adhería a su rutina diaria religiosamente: se despertaba, se bañaba, comía su tostada, a veces con aguacate, se maquillaba y luego tomaba el autobús número 1285 a las 8:20. En la parada, siempre se tomaba un minuto para hacer frente al sol y dejar que la luz de la mañana la calentara. Qué precioso y curativo es el calor relajante del sol. Al entrar a la oficina, ponía sus cosas en su escritorio e iba directamente al baño. Luego, se sentaba en el inodoro por un rato para componerse, siempre era difícil empezar su día. Ella no podía explicarlo, pero lo aceptaba sin quejarse. Una vez que reunía el coraje, se ponía en marcha. Llegaba a la oficina a las 9, salía a las 5 y no quería nada más que su sueldo. Su vida real estaba fuera de la oficina.

Los dos se adaptaron a su nueva realidad fácilmente. Se emocionaban por verse al despertar en la mañana, y en la tarde después de la jornada laboral. Pero las cosas entre Daniel y Cloe, no siempre eran color de rosa como parecían. Daniel todavía estaba luchando con su libro, no lograba escribir un párrafo que le gustara. También, notaba una tristeza alrededor de Cloe que, aunque parecía profunda, todavía era sutil y difícil de detectar. Su cambiante humor tampoco formaba parte de sus cosas favoritas, pero era su silencio lo que frustraba a Daniel, quien creía —sin evidencia— que podía hacer que cualquier muchacha estuviera feliz. Según él, sólo era una cuestión de pensar racionalmente.

A lo largo de los meses, las cosas que amaba de ella empezaron a irritarle. ¿Por qué era tan ruidosa? ¿Por qué no puedes sencillamente pedir lo que está en el menú sin una docena de cambios? ¿Por qué hablas tan fuerte? ¿Por qué necesitamos salir con amigos todo el tiempo? ¿Mantener un secreto? Olvídalo. Tampoco podía soportar su tristeza, le molestaba más y más, no porque estuviera triste, sino porque ella no estaba dispuesta a hablar con él sobre el problema. Simplemente no podía soportar no saber.

Cloe no conseguía explicar por qué se había comportado así el día que conoció a Daniel. Claro, estaba frustrada con el cajero, pero cuando Daniel se le acercó, cuando escuchó su voz, fue como si un peso muy grande fuera levantado de sus hombros. Se sintió libre y feliz por primera vez en mucho tiempo. Fue uno de los días más hermosos que podía recordar. Pero, poco a poco, podía percibir cómo el peso volvía, que esta felicidad era fugaz y nunca regresaría.

Daniel no estaba feliz. No podía escribir y tenía una novia impredecible, nunca sabía qué esperar de ella. Comenzó a pasar mucho tiempo en su oficina, con las cortinas cerradas y las luces apagadas, trabajando sólo con la luz de su pantalla, como si se escondiera de sus problemas. En esa penumbra, intentaba olvidar todo menos su escritura. Quería escribir su novela —después de todo era escritor—, pero solo podía pensar en Cloe. Un día era el alma de la fiesta y al otro estaba inundada por la melancolía. Daniel constantemente trataba de convencerla de que le dijera lo que le molestaba, sinceramente creía que sería mejor si hablara. Y ella simplemente se resistía a esa presión, que evidentemente la hacía más infeliz; decía que era algo de su juventud que la había lastimado severamente y que no quería compartirlo con nadie, solo deseaba que sus recuerdos simplemente desaparecieran. A veces, le decía a Daniel que necesitaba tiempo sola, que no estaba de buen humor. Eso le molestaba aún más a quien seguía intentando resolver sus problemas para mejorar la situación entre ambos.

Un día, Cloe fue a trabajar. Entró a la oficina y se dirigió al baño como era su costumbre. Pero ese día, rompió en llanto sin aviso previo. Después de algunos minutos así, se dio cuenta de que no podía continuar. Una vez se limpió y escondió las huellas de sus lágrimas en su maquillaje, recogió el bolso de su cubículo y volvió al departamento. En el autobús, decidió que algo tenía que cambiar, que no podía seguir así, luchando para vivir cada día como si no pasara nada. Sabía quién era, era la chica que conoció a Daniel y se enamoró de él ese mismo día. Fue al departamento para estar sola. Se sentó en el balcón, dejándose bañar por los rayos del sol, que acariciaban su cara, linda pero triste. Rodeada por edificios grandes, el balcón era su isla, el lugar en el que podía meditar, aunque nunca parecía tener un gran efecto. Después de pensarlo, estaba lista para hacer algo al respecto. Sabía lo que le molestaba y quería enfrentarlo. Entonces, hablaría con Daniel, iba a contarle todo.

Daniel llegó al departamento tarde esa noche, después de una reunión no muy productiva con su editor. Había estado lloviendo, y Daniel se quitó los zapatos mojados cerca de la puerta y dejó su paraguas en el paragüero. Ya había oscurecido afuera y ninguna luz estaba encendida, tuvo que entrar tanteando el camino. Notó a Cloe, sentada cómodamente en el balcón, su escondite, acuñando una taza de chocolate caliente en las manos. "¿Cómo va a sentirse hoy, cuál Cloe irá a aparecer?", pensaba Daniel mientras se acercaba con cautela. Abrió la puerta del balcón y los dos se miraron en silencio, hasta que Cloe le dijo dulcemente que estaba lista para hablar. Daniel se sentó a su lado y Cloe empezó.

Le describió a Daniel el horror que experimentó cuando era niña, en las manos de su padrastro. Lo padeció cada noche por años, algo que su madre se dio cuenta que ocurría, pero nunca hizo nada al respecto. Era el secreto oscuro de su pequeña familia. Daniel era un buen oyente. Aunque su sangre hervía con ira, escuchó su historia pacientemente y la animó a hablar más. Dejó que supiera que se sentía mal por ella, que entendía qué tan fuerte y terrible debió haber sido todo. También, quería decir a Cloe que todo iba a salir bien, pero al mismo tiempo, se dio cuenta de que ella tendría que vivir con este horror el resto de su vida; que era algo que nadie podría quitar de su mente. Cloe era una persona fuerte, bella, inocente y delicada. Daniel se enfureció. Se enfureció por lo que había experimentado, pero también, por la frustración de no poder hacer nada para cambiar su pasado.

Al principio, Cloe estaba feliz, si bien un poco inquieta, de haber revelado su secreto a Daniel. Nunca habló con su mamá de lo que le había pasado, aunque detectaba la traición y la vergüenza en sus ojos cada vez que la veía. Daniel, quien entendió el gran paso que significó para ella, era aún más dulce con Cloe. La trataba como la persona especial que era, dañada, delicada, pero todavía con mucha fortaleza. La estima que Daniel tenía por ella creció mucho y los volvió más cercanos. Era el compañero que necesitaba, atento, amoroso, apoyándola cuando lo necesitaba más que nunca. Qué novio perfecto.

Claro que, para Daniel, la experiencia fue fuerte. No podía dejar de pensar y preocuparse por Cloe. Iba a protegerla desde ese momento en adelante. Aun así, siempre buscaba oportunidades para hacer que ella se sintiera mejor; pero, al mismo tiempo, le molestaba compartir tanto tiempo con una persona deprimida. El otro problema para él era que Cloe no quería hablar más. La preocupación y frustración constantes le molestaban mucho, tenía que aliviarse. Entonces, pronto, tuvo una idea.

Daniel creía que Cloe debería contar su historia, que debería exponer lo malo que había tenido que experimentar. Aunque trató de plantearle la idea, ella no pensaba así; era algo que quería olvidar, no que quisiera revivir. Pero Daniel no podía quitarse el pensamiento de encima, por lo que dejó de lado el libro con el que estaba luchando y empezó otro, uno sobre Cloe. Se obsesionó con su historia; de hecho, encontró una nueva ilusión por escribir que no había tenido en mucho tiempo. Se sentaba en su oficina oscura y escribía 12 horas por día y, en sólo 3 meses, terminó la novela. Sabía que era mejor que cualquier otra cosa que hubiera escrito, sabía que era una de sus historias más importantes. Quería el reconocimiento y el dinero que le traería, pero —obviamente— tenía que lidiar con Cloe primero.

Guardó su novela en su laptop y pensó sobre lo que haría con su nueva obra. Se la daría a Cloe antes que todo, quería que ella fuera la primera persona en verla. Claro, necesitaba su aprobación. Pero Cloe, estaba en su propio mundo. Durante los meses en que Daniel estuvo encerrado en su oficina oscura, Cloe se retiró y empezó a sentir que había perdido la intimidad que una vez compartió con él. Daniel también percibía como crecía la distancia entre ellos. Aun así, tenía que hacer algo, no podía dejar que su obra más importante se pusiera añeja. Además, la presión de publicar era una nube negra que flotaba por encima. Siempre tenía la presión de su editor, incluso cuando no hablaban. Necesitaba algo para satisfacerlo, y él ya sabía que Daniel estaba escribiendo algo nuevo.

Finalmente, decidió revisarla con él. Para bien o para mal, se enamoró de ella la primera vez que la leyó, y no podía sentirse más feliz de lograr nuevamente otro éxito. Incentivado por el olor de dinero otra vez, quería publicarla lo antes posible. Daniel estaba feliz por la reacción de su editor, pero a su vez se preocupaba por Cloe y cómo iba a reaccionar. Sin embargo, ya estaba atrasado en la publicación de su tercera novela y también quería apurar el proceso. Ser un autor reconocido puede resultar muy sofocante.

Los días pasaron y Daniel, casi sin pensar, dejó que el libro avanzara en el proceso de publicación. Sabía que necesitaba hablar con Cloe, entonces buscó y buscó una oportunidad para enseñárselo, pero nunca la encontró. Siempre había una excusa, siempre tenía demasiado miedo. Se entusiasmó por la historia y el éxito que podía lograr. Su editor lo animó mucho, Daniel simplemente no podía decepcionarlo, era una persona a la que le debía demasiado, quizá todo su éxito hasta ese entonces. También, sabía que era su mejor obra desde siempre y, aunque quería hablar con Cloe, si pudiera ser completamente honesto consigo mismo, no quería que ella impidiera que fuera publicada. No le apetecía perder el impulso que estaba tomando. Quizá, si la viera publicada, completa, entendería cuán importante era que se contara, era algo que todo el mundo debería escuchar y saber. Entonces, Daniel cambió su plan: no iba a hablar con ella, iba a mostrarle la versión terminada. Esperanzadamente entendería.

Pero los dos seguían llevándose mal. Cloe pasaba horas en el balcón; le gustaba absorber la luz y el calor del sol. De alguna manera, creía que podía consumir sus problemas. Evitaba a Daniel, que pasaba mucho tiempo fuera del departamento involucrado en su libro. Sí, claro, ella estaba feliz de que Daniel hubiera reencontrado su motivación, pero no podía dejar de pensar que su libro era su nuevo amor, que la había reemplazado. También, Daniel evitaba hablar con ella en general y, especialmente, sobre su libro.

—¿Por qué es tan secreto? —le reclamaba Cloe.

No entendía por qué Daniel no podía compartir su novela con ella, que la industria fuera muy reservada y que hubiera espías de otras firmas no tenía sentido. Se sentía más sola que antes.

Daniel recibió su primera copia del libro solo pocas semanas antes de estar disponible en las tiendas y en línea. La cubierta tenía una imagen de una mujer de la misma edad, con el mismo pelo y con la misma tristeza en sus ojos que Cloe. Daniel tenía que actuar rápido. De hecho, era el día anterior a que su editor fuera a iniciar la campaña de mercadotecnia. Las cosas estaban sucediendo rápidamente y tenía que enfrentarse a Cloe, ya no podía esconder su secreto. Luchaba para encontrar la manera correcta de explicarle lo que había hecho.

Llegó a su departamento esa tarde sin una solución, pero después de entrar, vio que Cloe ya lo estaba esperando. Algo había pasado, porque tenía una mirada de consternación intensa en su cara y estaba a punto de llorar. Se encontraba de pie, al lado de la contestadora, luego presionó el botón. Era un mensaje del editor y su mensaje explicó todo, dejó claro que su nueva novela se trataba de ella. Daniel podía ver el miedo, la ira y la decepción en su cara. Tenía que explicar todo y lo hizo de una manera rápida. Trató de justificar lo que había hecho, trató de convencerla de que lo hizo por ella. Después de escucharlo, Cloe ya no quería hablar. Fue consciente de que no había nada que Daniel pudiera decir para aliviar el daño que había hecho. Ahora, Daniel era un impostor, alguien que sólo pensaba en sí mismo y en el libro que iba a publicar, no importaba lo que ella quería. Le dijo a Daniel que tenía que irse, que ya no quería verlo, ya no quería vivir con él.

Cloe se mudó del departamento al día siguiente. Se quedaría con una amiga hasta que pudiera encontrar su propio lugar. En las semanas siguientes, estaba al tanto de que Daniel había publicado su libro y trataba de ignorarlo, era la última cosa en la que quería pensar. Un día, lo vio en la vitrina de una librería, pero no tenía ninguna curiosidad por leerlo. Era basura, Daniel robó su historia personal sólo para ganar fama y dinero. Cloe no quería tener nada que ver con ese libro.

Daniel se preguntaba cómo fue que las cosas terminaron así. No podía dejar de preocuparse por lo sucedido y, aunque sabía que era definitivo, tenía la esperanza de que Cloe volviera a él. Siguió con el proceso de promocionar su libro. Era fácil, sólo tenía que seguir las instrucciones de su editor: aparecer en los eventos, sonreír mecánicamente y hablar con la gente que se maravillaba de su habilidad para entender cómo es ser una niña abusada. Aunque sabía que el elogio que recibía era vacío, Daniel lo aceptó con humildad auténtica. El proceso le daba asco; simplemente no podía disfrutarlo. Pasaba los días ansiando el fin de cada evento.

Después de ir a España para aceptar su premio, regresó a México para esconderse. Quería volver a escribir, zambullirse en una nueva novela completamente diferente a las demás. A pesar de los reproches de su editor, evitó tanto como pudo las fiestas y las felicitaciones de todo el mundo. Anhelaba estar frente a su computadora, creando una nueva obra con nada más que la compañía de un café a su lado y con todos sus problemas detrás de él. A pesar de que era lo que quería hacer, se tomó mucho tiempo antes de empezar a escribir. Hasta que, finalmente, concluyó que era lo que tenía que hacer. Cerró las cortinas y se sentó en su oficina enfrentándose a la pantalla en blanco, solo y listo. Pero los días pasaron y Daniel se quedó sin lograr escribir una palabra. Sus dedos, prestos para recibir sus instrucciones, descansaban quietos sobre las teclas.

Miró el pisapapeles cubierto de mariposas que Cloe le había regalado un día de la nada; el recuerdo hizo que la extrañara con todo su corazón. Luego, echó una mirada a la placa que le dieron en Madrid todavía en su caja, en el piso, en una esquina oscura de su oficina. Se preguntó si alguna vez escribiría otra novela tan personal, tan íntima. Quizá un paseo por el barrio le ayudaría.

Y la historia empieza otra vez.

Roy Phelan

El Tazón de polvo

El muchacho está parado al borde del porche. Tuvo cuidado de quedarse en la sombra, donde es un poco más difícil verlo bajo el sol del mediodía. Su overol está lleno de polvo, tiene agujeros en las rodillas y le queda holgado. Su sombrero de paja, está acomodado hacia abajo sobre sus cejas para cubrir parcialmente su cara infantil. Tiene una sombra de bigote sobre su labio superior, anticipando el día en el que se verá como el de su padre. Sostiene la escopeta con una mano, dejando que el cañón apunte hacia abajo inofensivamente. El rifle, que era de su papá, es suyo ahora.

Mira alrededor y, aunque el cielo es azul e inmenso, todo lo que puede ver es el gris del polvo. Ya es agosto y, normalmente, los campos están llenos de verde, pero no este año ni en algunos anteriores. Esta tierra estéril ya dio todo lo que podía producir, la sequía la ha impactado fuertemente. Nada vive en estas condiciones. De pronto, recuerda el día en que todo empezó: vio una nube grande, negra y amenazante en la distancia. Mientras se acercaba, el viento se intensificó y se volvió feroz. Se sentía diferente a cualquier otra tormenta, porque no había ni una gota de lluvia. A diferencia de las otras, era solo una nube de polvo, enorme y tan oscura como la noche. Nadie estaba preparado para tanta devastación. El viento arrastró el polvo a todos los lugares: dentro de la casa, los carros, la comida, los ojos, las orejas y la nariz. No podías ver tus manos frente a ti; no podías escaparte, te encontraría.

La sequía trajo polvo, pero lo peor es lo que se llevó. Las cosechas se habían ido. El suelo, rico y fértil en el que antes podías haber cosechado cualquier cosa, es ahora parte de la nube y está viajando hacia el este, hacia Nueva York y aún más lejos.

Puede ver en la distancia que el carro negro gira hasta la entrada de la finca y aprieta el agarre sobre el rifle. Ha estado temiendo este día desde que su papá recibió el aviso final la semana pasada. Probablemente es el Sr. Thompson, el sheriff, el Sr. Adams del banco y, tal vez, un ayudante o dos. No le importa, está listo, sabe lo que necesita hacer.

La escopeta se siente natural en sus manos, tiene mucha experiencia con las armas. No hace mucho, cazaba serpientes con su calibre 22 por diversión. Ahora, el muchacho, su mamá y sus dos hermanitas comen las serpientes, y cualquier otro animal que pueda matar. La Cruz Roja dejó un paquete de comida el otro día, pero no necesitan su ayuda. Él proveerá. Es el único varón, es el hombre ahora.

Puede ver que hay cuatro hombres en el carro negro que se acerca; son aquellos que espera. El muchacho está decidido. Su papá construyó esta casa y Jacob nació en la cama donde su mamá está llorando dulcemente ahora, sin poder hacer absolutamente nada. Sus dos hermanitas, a quienes puso en el closet para esconderlas, nacieron aquí también. La familia ha trabajado junta por largos y duros días durante años en los campos. Su sudor está en esos campos. Sus padres lo prepararon para este día, este momento. Todo su mundo depende de él, no les va a fallar. Preferiría morir.

El carro negro se detiene a cien yardas de la casa; los hombres están hablando, pero el muchacho no puede oírlos. Lo ven, a la escopeta también. Por supuesto, ¡sigan adelante! ¡hagan su estrategia! El momento de reunir su valor ha llegado. No hay un lugar para esconderse, pero no le importa. Nunca abandonaría su hogar, mucho menos ante estos hombres. Son gente de la ciudad, llevan trajes y fuman tabaco, a diferencia de su papá que lo masticaba. No trabajan, se sientan detrás de sus escritorios hablando y escribiendo todo el día. No aguantarían un día rompiéndose la espalda en el campo.

El muchacho mira la finca. Las ondas de calor hacen que las montañas en la distancia parezcan flotar misteriosamente en el cielo. Sus ojos encuentran el cementerio de la familia donde está el único árbol en todo el terreno. La tierra sobre su padre aún está fresca, así como la pintura de la sencilla cruz de madera que está a la altura de su cabeza. Yace junto a sus padres. El muchacho no puede entender lo que hizo. No le echa la culpa, pero sabe que lo necesita ahora más que nunca. Aunque se ha ido para siempre, todavía siente sus ojos sobre él. Todo lo que hace es un reflejo de lo que su papá hubiera querido y de lo que le enseñó. Todavía quiere complacerlo. No puede sacar completamente la mancha de sangre de la pared.

El carro frena frente al porche y los cuatro hombres se bajan. Pueden ver la escopeta, pero han hecho esto muchas veces. Dominarán esta situación, le explicarán todo al muchacho y dejará a un lado su arma. Saben que habrá mucho llanto, pero al final habrán hecho su trabajo. No lo disfrutan, pero entienden que tienen razón, que están del lado correcto de la ley. Si debes dinero tienes que pagarlo, dice la biblia. Ha pasado muchas veces en los últimos años. Eventualmente, esta familia encontrará su lugar, no es diferente a las otras. Estarán bien y serán más fuertes por la experiencia.

El Sheriff Adams da un paso al frente y lo saluda como si fuera cualquier otro día:

—Buenos días, Jacob. Es un buen día ¿no?

El muchacho siente que su odio por este tipo se hincha. En un instante, Jacob levanta la escopeta y dispara sobre sus cabezas. En otro, toma un cartucho de la pechera de su overol y la recarga. Los cuatro hombres se agachan, los ayudantes ponen sus manos sobre sus pistolas. Sucedió tan rápido que apenas se dieron cuenta de lo que pasó. Bueno, tal vez ahora las cosas van a ser diferentes.

—Oye, un minuto Jacob —dice el sheriff, agachado con su mano extendida como si fuera a detener la próxima ronda de perdigones— hablemos un poco, no queremos problemas, no queremos que nadie salga lastimado —su voz una octava más alta que antes. Se da cuenta de que es difícil predecir lo que el adolescente va a hacer.

—Lo siento señores, ya sé precisamente porqué están aquí y nunca voy a permitirles tomar nuestra casa —dice Jacob todavía apuntando la escopeta directamente a la frente del sheriff.

Este saca papeles del bolsillo de su uniforme, ahora empapado en sudor.

—Aquí están los papeles que dicen que ya no es tu casa, es la casa del banco ahora.

—No me importan sus papeles —respondió Jacob— ya sé que esta casa es mía.

Su voz, recién cambiada, se le quiebra cuando habla.

—Jacob, es la ley —declara el enemigo mortal.

Jacob sudaba profusamente. Sus emociones están corriendo tan rápidamente que apenas puede pensar. Tiene que entrecerrar los ojos para ver al sheriff, todo lo demás es una imagen borrosa.

El sheriff da dos pasos hacia Jacob. Jacob carga los dos martillos de la escopeta y lanza su amenaza: "ni un paso más, o serás un hombre muerto".

—Tranquilízate Jacob, esto no es lo que tu padre hubiera querido, tu mamá y hermanitas están en esta casa y estás poniéndolas en peligro —menciona el sheriff, quien recuerda que morir no está en su descripción de trabajo y, al mismo tiempo, se pregunta si sería mejor intentar otro día.

Oír a este hombre mencionar a su padre, se siente como un cuchillo clavándose en su corazón. Advierte una furia creciendo desde dentro que le anima a decir:

—Usted y sus hombres tienen que salir. Si se derrama sangre aquí, pesará sobre sus espaldas.

—Sabes que no podemos salir, tenemos que hacer nuestro trabajo. Dejemos nuestras armas, vayamos adentro y hablemos un poco. Podemos solucionar esto de una manera civilizada —dice el sheriff, quien está empezando a preocuparse.

—¿¿¡¡Civilizada!!?? —grita Jacob— ¿¡Es civilizado sacar a una familia de su casa legítima!?

El sheriff se quita su cinturón y lo pone, con su arma, en la tierra. Muestra sus manos vacías a Jacob y se mueve algunos pasos a la derecha.

—Puedes ver, Jacob, estamos aquí para hablar, queremos ayudarte. No somos malvados, no somos enemigos. Hablemos y hagamos un plan.

Jacob se pregunta cómo terminarán las cosas. Se tensan sus músculos, tanto que casi no puede respirar ni pensar claramente. Está a punto de darse cuenta de que no tiene un plan. Estos hombres no se asustan fácilmente y no van a irse a menos que les dispare. En desesperación, dispara otra ronda sobre sus cabezas. Pero esta vez, enseguida, siente el choque de una persona en su espalda y se estrella contra la tierra con otro hombre sobre él. No notó que uno de los ayudantes fue detrás de la casa y lo emboscó. Fue un gran error. El golpe le quitó la respiración y ni siquiera podía gritar.

Los otros hombres se acercan a él a toda prisa, toman su escopeta, lo sostienen boca abajo con las manos detrás de la espalda sobre el polvo. Lucha y lucha contra ellos, pero no puede contra los cuatro. Pelea contra el impulso de llorar, pero las lágrimas se derraman sobre sus mejillas, haciendo rayas en el polvo que ahora cubre su cara. Ha fallado a su familia, la más grande vergüenza que puede imaginar.

¿Cómo pudo haber permitido este desastre? Iba a protegerlas, iba a echar a estos hombres de su finca para que nunca regresaran. Pero ¿qué pasó? Ya se convirtió en un hombre y los hombres protegen a sus familias, tienen el poder de hacer lo que es correcto. Intenta contener su llanto, los hombres no lloran.

El sheriff le hizo prometer que no iba a pelear más, y luego deja que se levante. Jacob fija su mirada en el suelo, no se atreve a mirarlos, no encuentra palabras y mantiene el silencio.

—Ahora vas a hacer lo que te digo, de lo contrario, vas a pasar un tiempo en la cárcel y tu familia tendrá que valerse por sí misma —ordena el sheriff, esta vez sin una nota de cortesía en su voz.

Es sólo otra familia sin casa para él, hay muchas y no hay una que sea especial. Siempre es mejor no involucrarse en sus vidas y, además, él ya tiene sus propios problemas. Lo llevan a la casa, los otros hombres encuentran a su mamá y sus hermanitas, todas llorando con impotencia y desesperación. El apresador les dice que tienen una hora para empacar sus cosas. Ya no tiene piedad por esta familia, no le gustó que le dispararan. Jacob tiene que guardar todo, ya que las mujeres no saben qué hacer, no pueden imaginar a dónde van. El muchacho siente como si estuviera en un sueño, una pesadilla de la cual no puede despertarse.

Los hombres se quedan en la casa. Saben que lo que hicieron fue su trabajo, es la ley. Sin la ley, ¿qué habría? Sólo caos. No, lo que hicieron fue justo. Pero todavía no se miran, no se hablan.

La familia empieza a caminar, cada uno con una maleta, en el calor del mediodía. En total silencio, atraviesan la entrada de la finca y luego deambulan por la calle. Sienten que el viento sube y ven en la distancia otra nube grande y negra, pero ni siquiera se detienen para ver si se acerca a ellos. No les importa; el tazón de polvo ya les ha arrebatado todo. No tienen un hogar, no tienen un papá, no tienen un destino.

Jacob los dirige, decidido a lograr que sobrevivan. Les falló una vez, pero nunca más. Es el hombre ahora.

Levantarse

Se despertó sin mover un músculo, sin abrir los ojos. No pasó nada, simplemente era la hora en la que siempre despertaba y, en un momento aleatorio, se volvió consciente. Quizás, su despertador interno sonó sin ninguna evidencia notable. "¿Qué hora es?", se preguntó, despreocupado realmente por la hora. Yacía boca abajo, con un brazo arriba de su cabeza y un pie sobresaliendo de la manta. El pie debajo de la manta se sentía caluroso, el otro fresco, expuesto al aire de la mañana; juntos generaban un buen equilibrio. Podía sentir que la luz del sol se estaba filtrando por las cortinas porque un rayo le acariciaba un lado de la cara. Volteó la cabeza en la otra dirección para evitar la calidez, no volvería a dormir mientras le molestara. Estaba feliz de haber cambiado las sábanas el día anterior, se sentían limpias y olían frescas. Podría estar contento así indefinidamente.

Al principio, no estaba pensando en nada. Tuvo un sueño que lo dejó con una buena pero vaga sensación y no le importaba que no pudiera recordar nada. Gradualmente, se puso a pensar en su día y en lo que tenía que hacer. Iba a ser un día lleno de tareas, de las cuales ninguna era importante. Claro, tenía que trabajar, era lo que hacía todos los días. Se prometió que terminaría esa semana el proyecto que había pospuesto hacía varios días. Se lo prometió de nuevo, y esta vez fue en serio.

Recientemente, había empezado a sentirse solo. Habían pasado meses desde que se separó de su novia. Al principio, disfrutó su libertad, estaba seguro de que iba a encontrar muchas muchachas solas y dispuestas. Por supuesto, estaba feliz de ya no tener que lidiar con ella. Todavía podía oír su voz en su mente, su voz fuerte y chirriante, siempre chillando sobre las cosas más pequeñas. Aunque parecieron muchas semanas en las que podía oler su perfume en su cama, en ese momento no quedaba ninguna pista de ella. La chica que trabajaba en la joyería de la esquina era linda, quizá ese día miraría algunos nuevos relojes. Tenía que reiniciar su vida.

Se dio cuenta de que tenía que ir al baño. Decidió levantarse, la realidad lo estaba llamando. Sus pensamientos se centraron en lo que tenía que hacer en el baño y en que iba a desayunar sin la leche que se le olvidó comprar el día anterior. No iba a afeitarse, ¿para qué? No vería a nadie; pero sí tenía que cepillarse los dientes. Anheló sentir la frescura de la menta en su boca, una de las mayores alegrías no reconocidas de la vida. Puso sus manos debajo de sus hombros; estaba listo para empujar hacia arriba. Iba a levantarse en cualquier momento, estaba listo, pero no hizo nada, se quedó quieto. Estaba juntando la determinación, sabía que en cualquier momento iba a levantarse, lo hacía todas las mañanas, pero en ese momento nada pasó. Se preguntó por un momento si levantarse era un acto que hacía a propósito o si era algo que ocurría sin su voluntad. Si hubiera sido algo que le pasaba, no tendría que hacer nada, sólo tendría que esperar, claro, iba a pasar. De hecho, no podía recordar ninguna vez su estado de ánimo antes de levantarse de la cama por la mañana. Aunque, diría que el momento que pasaba después de despertarse y antes de levantarse era su favorito del día, ni siquiera tenía un recuerdo de uno de estos. Inhaló profundamente por la nariz para oler una vez más sus sábanas limpias.

Siguió en su estado de ambivalencia, despierto, pero completamente inmóvil, cuando de pronto ¡bum!, algo chocó duramente contra la ventana de su cuarto. Pasó rápido y fue fuerte, podría haberla roto, pero no oyó ningún vidrio cayéndose. El sonido abrupto lo asustó mucho y, olvidando completamente su inhabilidad para levantarse, saltó de la cama y se acercó a la ventana. ¿Qué pasó? Abrió las cortinas y tuvo que entrecerrar los ojos contra la luz cegadora del sol, mas no podía ver nada. Tenía miedo de que fuera el pájaro que había estado aleteando contra esta misma ventana durante las últimas semanas, pero todavía no lograba ver que fue. Había pensado en pegar algo en el vidrio para que el pájaro pudiera verla. Se regañó silenciosa y duramente por no haberlo hecho. Todavía en su pijama, salió y fue a mirar alrededor de su jardín. Caminó apresuradamente por el pasto hasta la escena del accidente; apenas notó que el rocío de la mañana le estaba mojando los pies y el dobladillo de su pantalón.

Llegó a la ventana, dio una ojeada y sólo pudo ver su reflejo. Quizá el pájaro quería jugar con otro pájaro, su semejante invertido que vio en la ventana. Se puso nervioso. Buscó alrededor, debajo de los arbustos y a lo largo del borde de la casa, esperando no encontrar nada. Se puso de rodillas en la tierra, sin preocuparse por ensuciar su pijama limpia. Realmente esperó no encontrar nada. Apartó algunas ramas, removió algunas hojas y, de pronto, lo vio. Un pequeño pájaro, quizá un mirlo primavera, una especie muy común por esos lados, tendido quieto en la tierra. La parte de arriba del ave que estaba expuesta, se veía normal. Su espalda era gris desde su cuello hasta su cola, gradualmente aumentando en oscuridad en la misma dirección, una perfecta coloración hecha por la naturaleza. Podía ver una pista de su pecho naranja debajo del ala superior. Sus patas colgaban dobladas y relajadas debajo de su cuerpo redondo, parecían ramitas pequeñas y delicadas. Se maravilló de lo delicada y hermosa que era esa pequeña criatura. Al principio, a pesar de que no se movía, todo parecía estar bien; pero luego notó la otra ala. Sobresalía de su cuerpo en un ángulo torpe, reposando abierta en el suelo, encima de su cabeza, casi como si no fuera una parte de su cuerpo. Esta posición le recordó una escena inquietante de la película "Deliverance". Obviamente, estaba rota.

¿Estaba vivo o muerto? El ojo expuesto estaba abierto, pero ¿será que podía ver? Vaciló un momento; no sabía si quería que viviera o muriera. Racionalmente, preferiría que estuviera muerto, ¿qué iba a hacer con un pájaro con un ala rota? Borró este pensamiento de su mente inmediatamente, se regañó por tener una idea tan oscura y recogió una ramita de la tierra. Le dio al pájaro un empujón, esperando que fuera a levantarse y volar enérgica y felizmente hacia el cielo; pero no lo hizo. Lo revisó para ver si estaba respirando; no había evidencia de ningún aliento. Le dio otro empujón, esta vez más fuerte. Nada. Quizá, simplemente se noqueó e iba a despertarse pronto.

Sin embargo, no estaba respirando. Nada se movía, seguro murió. ¿Qué debía hacer ahora? ¿Qué haces con un pájaro muerto? Se quedó quieto un momento, o dos, tuvo que pensar. Estaba consciente de su propia respiración y reflexionó, con melancolía, sobre lo delicada y frágil que es la vida. Se estremeció al pensarlo y decidió enterrarlo, solo para sentir que podía hacer algo para mitigar la culpa por el pequeño ser que perdió su única y corta vida contra su ventana. Tampoco quería dejarlo así, en la tierra, para que se descompusiera o para que otro animal se lo comiera. No parecería correcto. Se levantó y se dirigió al garaje para tomar sus guantes y una bolsa de plástico. Mientras caminaba, escuchó un pájaro cantando en un árbol cercano. Miró hacia arriba y lo vio, aferrándose a una ramita de un gran olmo. Era de la misma especie que su pájaro, un mirlo primavera con un pecho redondo naranja. Podría haber sido la pareja del ave fallecida quien, quizá, ya sabía lo que había pasado y cantaba una canción especial para cuando sus seres queridos pasaran a mejor vida, como lo hacemos nosotros. Lo agarró desprevenido que un animalito, casi una peste, evocara tal emoción.

Desde el garaje volvió al pájaro y lo puso en la bolsa llevando los guantes, claro, no iba a tocar un animal salvaje muerto con sus manos desnudas. Se centró en la actividad, o "ceremonia", que estaba a punto de realizar y pensó un segundo: "qué ataúd es una bolsa de plástico". Sacudió la cabeza y sacó inmediatamente este pensamiento triste de su mente; claramente tenía límites en cuanto a lo que estaba dispuesto a hacer. Fue al cantero, y en una esquina de su jardín cavó un hoyo, quizá demasiado poco profundo, pero era lo que lograba hacer solo con sus manos. Puso el cuerpo en él y lo cubrió con tierra. Excelente, el entierro estaba hecho. Del polvo venimos y al polvo volvemos.

Todavía de rodillas, se sintió satisfecho; era todo lo que podía hacer razonablemente. Respiró profundamente por la nariz una vez más y quería levantarse, quería empezar su día, tenía cosas que hacer, pero ninguno de sus músculos se movió. Afligido e introspectivo, se quedó quieto, esperando, preguntándose si en algún momento iba a levantarse.

Un día

El otro día estaba almorzando en un restaurante con un amigo, algo que, si me conoces bien, hago raramente. Llevando un poncho mexicano auténtico, sandalias marroquíes y pantalones de pijamas, me miró con sus ojos completamente rojos y todavía casi cerrados y me preguntó casualmente, mientras su pelo —que nunca lavaba— pendía sobre su sopa, qué había hecho yo el día anterior. Como mi política es nunca esquivar una pregunta, le respondí así:

Me desperté alrededor de las 10 am, con sabor a whisky y tabaco de la noche anterior en la boca. Sabía que me faltaba lana, así que me vestí rápidamente de negro, agarré mi AK-47 y me dirigí directamente al banco en mi Pontiac GTO de 1967, con el motor de 425 caballos de fuerza ronroneando como una gatita debajo de mis piernas. Frené en el centro de la ciudad a plena luz del día, me cubrí la cara con una media de nylon, entré al banco y anuncié que estaba allí para robarlo e hice que todo el mundo se acostara en el piso. Luego, le exigí a la empleada más guapa —una rubia con pómulos altos que tenía las piernas más largas que había visto en mi vida extendiéndose lánguidamente de su microfalda— que me llevara a la caja fuerte. Llené dos bolsas con efectivo y estaba a punto de huir cuando la chica me pidió llevarla conmigo. Me agarró del brazo, se puso de rodillas y, llorando, me dijo que su vida era aburrida y que no podía aguantarla más. Fue tentador —después de todo soy un hombre—, pero tenía cosas que hacer y lugares a los que ir en ese momento; entonces le susurré al oído que el arma no estaba cargada y que ella solo me retrasaría. La besé profunda y apasionadamente, rellené su brasier con un fajo de billetes nuevos, limpié su lápiz labial de mi boca y me fui sin arrepentimientos. Salté a mi GTO y conduje a toda velocidad a través de la ciudad hacia donde mi Lear Jet me esperaba. Subí al avión y la azafata —la que viene con todos los aviones personales— me dio un cambio de ropa, un Martini y un habano. Después de cambiarme, le pedí que fuera a la terminal a comprar chicle para el camino. Mientras ella hacía su tarea, subí al asiento del piloto, encendí los motores y despegué. Este viaje tenía que hacerlo solo.

Luego de un vuelo relajante y sin incidentes, aterricé en Katmandú, donde una japonesa —una geisha, para ser específico— me esperaba con otro cambio de ropa, una mochila y el equipo de montañismo que iba a necesitar. Me dio estas cosas, se inclinó frente a mí y se alejó caminando hacia atrás inclinada y callada; una geisha conoce bien su papel. Tomé un autobús hasta el campamento base, donde mi viejo amigo Tenzing, mi sherpa favorito de todos los tiempos, me esperaba. Fuimos directamente a la montaña y, como ya me había acostumbrado al aire ligero en el avión, la subimos sin esperar. No pasó nada fuera de lo normal durante la subida, conocíamos bien la ruta y llegamos a la cumbre en buena condición. Como es nuestra costumbre, Tenzing y yo oramos en agradecimiento a Jesús, Mahoma, Thor y Buda. Levanté la mano y toqué la cara de Dios. Tenía un pedacito de salchicha sobre la mejilla, aparentemente acababa de comer y hubiera sido inapropiado no limpiarlo. Después de todo, es omnisciente y se hubiera dado cuenta de que lo dejé vagar por el cielo con comida sobre su cara.

Bajamos del otro lado, hasta el Tíbet: una ruta no recomendada para el alpinista promedio. Durante el descenso tuvimos que cruzar un puente de hielo que parecía fuerte y, como es algo que ya habíamos hecho cientos de veces, empezamos a cruzarlo sin temor a la caída de 200 metros. Pero, para nuestra sorpresa, cuando estábamos en medio del puente, este se rompió de repente haciéndose añicos. Este evento desafortunado nos hizo caer a lo largo de la montaña, caímos y caímos, rebotando contra piedras, hielo y nieve todo el camino. Finalmente, aterrizamos abruptamente, quedando atrapados en una hendidura. Una vez que recuperamos la sensibilidad, inspeccionamos nuestros huesos y no encontramos nada roto. Solo estábamos cubiertos de moretones y más que un poco de vergüenza; cosas que podíamos superar. Evaluamos nuestro aprieto: estábamos encajados en esta hendidura sin nuestro equipo, sin manera de escaparnos y completamente atrapados. Luego de investigar tanto como pudimos, aceptamos nuestro destino. Íbamos a morir juntos en la ladera de la montaña más grande del mundo; lo bueno era que no podíamos haber elegido un mejor lugar; tampoco podía pensar en un mejor compañero de muerte. Tenzing y yo nos sentamos y, después de ponernos de acuerdo en morir con dignidad, empezamos a rememorar los viejos tiempos que habíamos experimentado juntos. Tenzing me hizo recordar la primera vez que subimos juntos al monte Everest. Creo que yo no tenía más de doce años en ese entonces, solo un chico, cuando un cachorro de leopardo de las nieves se metió a mi mochila y me sorprendió fuertemente cuando la abrí. Aunque estábamos muy conscientes de nuestras muertes inminentes, nos reímos mucho de ese buen recuerdo. Tenzing tiene una risa muy contagiosa, una risa de vientre que deja sin inhibición, y eso nos hizo reír más y más. Gradualmente podíamos oír los ecos de nuestras carcajadas, y el sonido creció y creció, rebotando contra las paredes de la hendidura. Finalmente, escuchamos retumbos que se volvieron más fuertes ¡Entonces nos dimos cuenta de que nuestra risa causó una avalancha que se dirigía hacia nosotros! El alud nos superó, nos levantó, nos sacó de la hendidura y nos barrió hasta la base de la montaña. Llegamos un poco agitados, pero intactos y sin heridas. Fue un milagro. Nos levantamos y quitamos la nieve de nuestra ropa sonriendo ampliamente por nuestra buena fortuna. Salvados por una avalancha, qué suertudos éramos.

Mi amigo Tenzing tomó su camino habitual, y yo estaba por seguirlo cuando miré hacia arriba y vi a un hombre mayor y muy arrugado con un burro que dijo que me había estado esperando. Me señaló que lo montara —al burro— y, aunque no lo necesitaba porque todavía tenía mucha energía, por respeto, lo monté. Nos dirigió al burro y a mí al palacio del Dalai Lama. Cuando llegamos, la entrada estaba repleta de cientos de mujeres y niños vestidos tradicionalmente lanzando pétalos de flores a mis pies mientras cantaban en su lengua materna, Lhasa tibetano, un idioma que adquirí durante mis estudios como monje budista. Entré al palacio y, después de bañarme y vestirme a la manera tradicional del Tíbet, fui a buscar al Dalai. Interrumpí su partido de damas que estaba jugando con un eunuco, pero se levantó inmediatamente al verme y me saludó efusivamente con un abrazo fuerte, como los viejos amigos que somos. Nos sentamos en el piso frente a una mesa donde había un banquete y empezamos a platicar, comer y tomar vodka, un trago después de otro. El güey puede manejar su vodka. Nos pusimos al día, porque no nos habíamos visto en mucho tiempo, y luego debatimos sobre los problemas del mundo. También, le expliqué algunos de los conceptos más sutiles del budismo que eran complejos de entender para él. Ya que el Dalai a veces se frustra con los asuntos más filosóficos del budismo casi siempre tiene preguntas para mí. Le dije, para que se sintiera mejor, que toma tiempo entender la delicadeza de esos conceptos y le aconsejé que tuviera más paciencia, que lo ayudaría mucho. Miré mi reloj y me di cuenta de que era hora de irme. Intenté hacer una donación al templo, pero el Dalai me dirigió una mirada de desaprobación, pues aparentemente sabía de dónde había venido el dinero y no podía aceptarlo. Lo entendí bien. Fuera del palacio, la japonesa había estacionado mi avión con el motor ya caliente. Subí y despegué hacia el horizonte azul. Estaba en el aire otra vez, pilotando a una altura de 12 mil metros con una velocidad de mil kilómetros por hora cuando lo puse en piloto automático y me recosté para cerrar los ojos unos 15 minutos, creía que me lo merecía. De pronto, en medio de un buen sueño que no me creerías, uno de los motores explotó y destruyó completamente el ala derecha. El avión, o lo que quedó de él, giró en espiral fuera de control debido a que el segundo motor todavía seguía funcionando y no podía apagarlo por la destrucción de los controles. Arremolinándome furiosamente en el aire, agarré el paracaídas guardado detrás de mi asiento, tranquilamente me lo puse y me eyecté. Estuve en caída libre flotando por un rato disfrutando la escena, el monte Everest en el fondo y las praderas de Turkmenistán enfrente. Nunca me había sentido más quieto, aunque estaba cayendo a velocidad terminal. Disfrutando inmensamente la experiencia, a regañadientes abrí el paracaídas al último segundo y aterricé suavemente de pie.

Una vez más en la madre tierra, miré al sol, luego a las montañas en la distancia, evalué mi posición, estimé la dirección de Babdajhan, el pueblo más cercano según mis cálculos, desconecté el paracaídas y me puse en marcha. Después de caminar sólo unos pocos kilómetros, de repente 500 soldados del ejército turcomano me rodearon apuntándome con sus rifles. Hice la señal universal de paz, el índice y el dedo medio extendidos, y me acerqué al que parecía ser el líder. En turcomano chapurreado, ya que había pasado un verano en este país maravilloso durante mi juventud, le expliqué, con más que un poco de exageración, que estaba allí porque tenía noticias importantes para el sultán, quien aguardaba mi llegada. El oficial se tragó mi historia y me llevó al castillo. Una vez allí, me presentó al sultán quien, para mi sorpresa, me abrazó fuertemente. Me dijo emocionado que se había enterado de mis hazañas y que, de hecho, era un seguidor de mi canal en YouTube (deberías checarlo, si buscas "RK Phelan" en YouTube, lo encontrarás) y que quería escuchar todos mis cuentos y canciones en persona. Declaró que iba a hacer un festín e invitó a toda la realeza turkmena. Durante el festín, entre los espectáculos de los malabaristas, las bailarinas de vientre y combates de lucha libre con osos salvajes, entretuve a la gente con mis cuentos y con la guitarra. Era una audiencia receptiva y me amaron, nunca había recibido antes aplausos tan enérgicos. La canción *Aqualung,* aparentemente todavía es un éxito en este país; conocen bien la música de Jethro Tull y están entre los admiradores más grandes de esa banda, la adoran y la estudian como a Mozart o Beethoven en otros países. El sultán suplicó que le contara más y que tocara más, pero le expliqué que tenía que irme. Para convencerme de quedarme, me ofreció a su hija, una chica de 16 años, muy bella, ya con cuerpo de mujer, casi irresistible y mucho más guapa y tentadora que la chica del banco. Fue una lucha interna dentro de mí, pero la moral superó a la lujuria y decliné el ofrecimiento tan diplomáticamente como pude. Aceptó la excusa débil que inventé en el momento y me ofreció un caballo —por favor, ¡saca la mente de la alcantarilla! Sólo como modo de transporte, no como reemplazo para su hija. Accedí a su oferta y su segundo al mando me llevó a la caballeriza y me dijo que podía elegir cualquiera. Apunté al más grande, un caballo de un color negro más oscuro que la noche. Un animal bello, tanto por su físico como por su fiereza. Sus ojos me desafiaban a que lo eligiera. El oficial me dijo que mi elección no era aceptable ni apropiada, porque este caballo era indomable y ninguno de sus hombres podía montarlo por más de unos pocos segundos, y que, de hecho, ya había matado a dos de sus mejores y más duros vaqueros. Sin miedo, porque conozco bien este tipo de animales, salté la valla y lo monté sin darle la oportunidad de huir. El corcel inmediatamente se puso a saltar, empinarse, patear, y relinchar. Yo nunca había sentido una fuerza tan poderosa. Podía sentir hincharse su vigor y determinación entre mis piernas, pero con toda mi fortaleza y determinación lo dirigí a la valla e instintivamente la saltamos juntos, dos animales salvajes comportándose como uno. Fuimos galopando a toda velocidad a través del desierto sin tiempo de despedirnos cordialmente del oficial.

Corrimos y corrimos. Cruzamos Irán a lo ancho de, y allí tuvimos que evitar a los bandidos formidables de las tribus persas perdidas varias veces, y entramos a Arabia. Estábamos en el desierto, mi corcel y yo, con las montañas al fondo. Finalmente, después de horas cabalgando juntos, mi corcel estaba exhausto y encontramos un abrevadero natural donde podía saciar su sed. Mientras descansábamos, nos rodeó una patrulla de beduinos. Me ordenaron que bajara del animal. Estaba de rodillas con mis manos atadas detrás de mi espalda frente a su líder, quien me dijo que me iba a ejecutar. Me explicó que yo era un invasor infiel en su territorio y era la ley de los beduinos, dada directamente por su dios. Acepté mi destino; si tenía que morir, lo aceptaría así, en las manos de gente de esa tierra, gente a veces brutal, pero siempre directa y honesta. Empecé a pensar en mis últimas palabras, obviamente no iba a recibir una última comida. Un beduino grande y feroz me circundó, sacó la espada de su vaina, la tomó entre sus manos y la levantó sobre su cabeza. Estaba a punto de inclinarme y prepararme para el golpe, pero, justo en ese momento, más oportuno que nunca, el primer rayo del sol cortó la oscuridad de la noche e iluminó la tierra frente a mí. Dije al líder beduino, en árabe perfecto, fluido y casi nativo, que me gustaría aceptar mi muerte, pero era tiempo de las oraciones matutinas, Alá lo ordenó. El jefe beduino asintió con la cabeza y me dijo que me mataría después, porque era un musulmán devoto y no podía enviar a un hombre a su muerte sin haber recitado sus oraciones. Le respondí que el Profeta se lo agradecería. Me prestaron un tapete extra que tenían —probablemente mi lecho de muerte—, y empecé a dirigirlos en los rezos. Los sorprendí con la elocuencia de mis plegarias y se emocionaron. Sin duda, los inspiré. Gracias a esto, el líder me manifestó que nunca se había sentido más cerca de Alá y del Profeta, que por eso no podía matarme, y me perdonó la vida. Nos sentamos juntos alrededor de una fogata improvisada y compartió la única comida que tenía conmigo.

Mientras roíamos la carne seca y podrida, hablamos de los problemas de la guerra interminable e irresoluble entre los árabes y los yemeníes. Se me ocurrió una idea, les dije que tenía la solución, se lo expliqué y estuvieron de acuerdo. Fuimos montados de pueblo en pueblo, primero en Arabia y luego en Yemen, alentando a la gente a que olvidara sus diferencias e hiciera la paz. Todo el mundo, los campesinos, los soldados, los terroristas, los banqueros, las amas de casa, los abogados y los pastores, dejaron de hacer lo que estaban haciendo y nos siguieron en protesta contra la guerra. Llegamos a Riad seguidos por cientos de miles —quizá un millón— de personas a pie y montadas en caballos, coches y camiones, yemeníes y árabes por igual. Exigimos hablar con el rey de Arabia y sus oficiales. Accedieron a hacerlo; bueno, no les dimos otra opción. Nos reunimos y charlamos, luchamos, peleamos, negociamos por horas hasta que finalmente llegamos a un acuerdo de paz, una tregua permanente que iba a durar mucho tiempo.

Planearon una gran celebración, los árabes y los yemeníes celebrarían juntos por primera vez en siglos. Me invitaron a sentarme en el sitio de honor en la mesa principal, pero les expliqué que tenía que irme, que había estado fuera de casa todo el día y que tenía que dejar salir al perro antes de que pudiera tener un accidente. Aunque a ellos no les importan los perros, entendieron y lo aceptaron a regañadientes. El rey de Arabia me regaló un nuevo avión de reacción, nada más y nada menos que un G7, e hizo una gran donación a mi caridad, Dona un Árbol al Mundo (www.donateatreetotheworld.org), en agradecimiento por mi papel en crear la nueva y primera época de paz en la región. Después de dar un beso de despedida a mi corcel fiel y de confianza, subí a mi nuevo avión lujoso y salí volando a toda velocidad hacia Cleveland, donde aterricé en mi pista de aterrizaje personal.

Vistiendo la ropa tradicional de un jeque árabe, luciendo como Lawrence de Arabia (Peter O'Toole, qué buen actor, qué hombre; lo extraño mucho), navegué suavemente a casa en mi GTO, apreciando otra vez este gran ejemplo de músculo de Detroit. No pasó nada en el camino, aparentemente la policía no encontró mi coche y tampoco sospechó de mí. Dejé salir al perro, eché las bolsas de efectivo sobre el sofá, ya que podría contarlo más tarde, cené sushi y sopa miso todavía caliente —que aparentemente la japonesa me había dejado—, dormí dos horas, me desperté y llegué aquí para hablar sobre mi día contigo.

—No manches, güey —respondió mi compañero de comida así—, no te puedo creer, güey.

—se veía y sonaba decepcionado—. ¿Rechazaste a la hija de un sultán? ¡Qué desperdicio de tiempo! Hubiera sido un día aceptable, pero lo arruinaste completamente, güey.

Le expliqué a mi amigo que no hubiera sido correcto tener relaciones con aquella virgen pura e inocente y luego irme rápidamente. No soy ese tipo de hombre y nunca lo seré. No me escuchó, claro: estaba soñando de una manera pervertida con esa chica menor de edad. A veces, mis amigos me dan asco.

Pero sí lamenté verdaderamente una cosa: Iba a extrañar a ese corcel. Qué animal tan impresionante, y qué vínculo creamos juntos. Probablemente nunca voy a estar tan cerca de ningún otro animal, y tampoco voy a tener otro día tan espectacular. Aunque nunca sabes lo que podría pasar cuando se me acabe el dinero otra vez.

Roy Phelan

El hombre del café

El anciano entra al Starbucks con su periódico metido bajo el brazo, como era su rutina todas las mañanas. Ve, con un poco de irritación, que un joven hablando por celular ha tomado su mesa habitual; entonces, va hacia el mostrador arrastrando los pies en señal de protesta. Nota que Ana, una linda muchacha y su barista favorita, está preparando bebidas y que tendrá que hacer su pedido a Marco, su barista menos favorito. Tal vez pueda atrapar su mirada, seguramente tiene una sonrisa para él. Ana siempre alegra sus mañanas.

—Buenos días, Ricardo ¿cómo puedo ayudarlo? —dice Marco.

"Por favor", piensa Ricardo. "¿Este chico todavía no sabe que siempre ordeno un café chico?". A Ricardo no le gustan los baristas que no saben su nombre y su pedido. Ana siempre dice buenos días y simplemente prepara su café. Es un acto de respeto. ¿Por qué Marco no lo puede recordar?

—Un café chico, negro —gruñe.

—¿Algo de comer? —dice Marco con demasiado entusiasmo.

—No hoy —responde mientras piensa: "ni cualquier otro día de mi vida".

Ricardo encuentra una mesa al fondo del salón donde puede observar todo. Pone su bebida sobre la mesa, quiere dejar que se enfríe un poco antes de tomarla. Coloca su periódico abierto al lado. Va a leerlo un poco pero ahora tiene que escanear alrededor del café para ver si todo está en orden. Primero ve a una mamá y su hijo de tres años. "Starbucks no es un lugar para niños", reflexiona, "pero las mamás insisten en traerlos aquí". Por lo menos este bebé no está llorando.

La escena del resto del café es como todos los días. Hay dos hombres en una mesa hablando de algo que parece serio, probablemente son hombres de negocios. Más allá hay una mujer con traje trabajando en su laptop. Debe ser una profesional, tal vez trabaja con la tecnología; no, mejor es en marketing, está demasiado arreglada para dedicarse a la tecnología. El joven en "la mesa de Ricardo" todavía está hablando al aire, seguramente no hace nada valioso. También hay otro anciano que está inmerso en su periódico. Ricardo se pregunta si este hombre será un cliente regular. Le gustaría platicar con él para averiguar si tienen los mismos valores.

Ya que no hay nada interesante, voltea hacia su periódico. Se dice que leer un periódico de papel no es bueno para el cuidado del medioambiente, pero Ricardo no quiere cambiar, insiste en seguir con papel; a él no lo atrapará la tecnología como a los demás. Prueba su café, mmmmh, a Ricardo normalmente no le gustan las cosas recientes, pero concede que Starbucks tiene el mejor. Huele su bebida a través de la aberturita de la tapa de plástico: exactamente como debe oler el café. En la primera página de su periódico, hay una noticia sobre un caso de corrupción en el gobierno local. Espera que los pongan en la cárcel para siempre. Hay otro sobre el ridículo presidente. "¿Qué hizo ese cabrón esta vez?", se pregunta con indignación. Por fin encuentra algo que le agrade, un artículo sobre la salud de los ancianos. Dice que mantenerse más activo puede tener un gran impacto en la salud, incluso en la felicidad. A Ricardo esto le suena bien. Le gustaría ser más activo, pero ¿qué puede hacer? Su rodilla todavía le duele y, a veces, es difícil respirar. Si sólo pudiera superar sus malestares, estaría más activo.

Ricardo ya tiene 77 años y los ochenta están a la vuelta de la esquina. Su esposa de 40 años murió hace dos. La extraña, claro, pero siempre ha sido un hombre más o menos independiente y su vida no está tan mal ni muy diferente. Tiene su pensión, su casa —de la cual es dueño— y está muy orgulloso del hecho de que no tiene hipoteca, la había pagado hace mucho. A veces, tiene oportunidades de conocer a una anciana, siempre hay ancianas buscando parejas, pero no le interesan mucho. Si, sería increíble volver a tener intimidad con una mujer, pero no quiere despertar al lado de alguien de su edad. Por otro lado, sería difícil encontrar a una mujer que quisiera despertar a su lado también. Puede ser aterrador. No, es una fantasía. Vivir con otra persona ahora sería un cambio grande en su vida. Su vida es pulcra y ordenada, prefiere mantenerla así.

En tanto le da vueltas a esa idea, ve que la puerta del café se abre y una mujer llamativa entra. Flota a través del salón. Tiene más o menos cincuenta años y se ve magnífica en su vestido de verano y sandalias con tiras delgadas. "Esta mujer es perfecta", piensa Ricardo, quien de repente está reevaluando su decisión de vivir solo. Todavía está en buena forma y su piel no tiene ninguna mancha, nota después de una examinación completa. Ricardo mira sonriendo directamente a esta mujer magnífica esperando una sonrisa en recompensa. Ella lo ve por un momento breve y le da su sonrisa cortés, pero luego voltea en la otra dirección. Ricardo todavía lo considera un éxito. Qué conquista. La mantiene en su visión disfrutando su aura, buscando una oportunidad de empezar una plática con su frase preparada: "Es un buen día, ¿no?". Nota que ella tiene un diamante grande en su dedo y está llevando un bolso de Kate Spade. Claro, una mujer de esta calidad puede atrapar a un hombre rico fácilmente. Ella no le da la oportunidad que busca y se va rápidamente, perdida en su vida ocupada. Debió haber pedido a través de la aplicación.

El café se tranquiliza después de este evento inspiracional y Ricardo empieza a perderse en sus propios pensamientos. Vuelve a su artículo de salud, sabe que debería hacer más con su tiempo, estar más activo, pero ¿cómo? Nunca ha tenido un pasatiempo, aunque intentó algunas veces adquirir uno. Tiene un clóset lleno de equipo de buceo, palos de golf y otras cosas como evidencia. Incluso, compró un modelo de plástico cómo los que construía cuando era joven. Es de un Corvette Sting Ray de 1963, su carro de ensueño. Todavía está en su clóset, en su caja, intacto.

Su amigo Raúl estudia español y su amigo Franco juega ajedrez. Suenan interesantes también, pero Ricardo sería terrible en estas dos actividades, no tiene el talento que ambas requieren; tiene que ser algo más fácil, pero todavía entretenido. Pensará en algo después.

La puerta del café se abre una vez más. Es un muchacho de más o menos veintitantos años con el cabello que le alcanza los hombros, tatuajes que cubren su cuello y pantalones cortados; lleva lo que parecen como diez pulseras en su muñeca izquierda y un arete expansor grande en el lóbulo de una oreja. Este muchacho camina por el café con una sonrisa grande, mira directamente a Ricardo y dice:

—Buenos días Señor, ¿cómo está? —sin quitarle los ojos de encima.

—Estoy bien —responde Ricardo, preguntándose qué quiere este muchacho que aparentemente quiere destruir su cuerpo con garabatos.

—Qué bueno, que tenga un buen día, Señor —dice el muchacho con una sonrisa interminable mientras se acerca a la barra.

¿Qué pensarán los jóvenes de hoy? Las muchachas apenas se ponen algo y los muchachos piensan que son los dueños del mundo. Saltan a la cama juntos tan fácilmente como se saludan, y ya creen que lo saben todo, nunca piden los consejos de sus mayores. Ricardo nunca hubiera mirado directamente a los ojos de un anciano, tenía respeto por sus mayores cuando era joven y sólo los marineros se hacían tatuajes. No, Ricardo respeta el cuerpo que Dios le dio.

Ricardo quiere regresar a su periódico, pero ahora está agitado. "¿Cómo puedo enfocarme rodeado de tantas tonterías?", reflexiona. Luego ve que el joven que robó su mesa está a punto de irse. ¡Qué suerte! Ricardo puede finalmente sentarse en su mesa habitual, tal vez no sea un día tan malo. Recoge sus cosas, se levanta y se dirige con prisa hacia la mesa. Pero, justo cuando está a punto de llegar, el muchacho que lleva un aspecto ridículo se coloca delante de él y deja su café sobre la mesa preciada. Ricardo no puede creer lo que está pasando; este joven claramente no tiene el respeto que debería tener. Esto nunca habría pasado cuando Ricardo era joven. Comienza a volver a su mesa original, con todas sus cosas, pero luego el muchacho se voltea y ve que Ricardo está justo detrás de él, también dirigiéndose a la mesa.

—Oh, perdóneme, señor, ¿esta es su mesa? Por favor, siéntese aquí; puedo encontrar otro lugar —dice el joven con su persistente sonrisa.

Ricardo, aliviado, pero no listo para perdonar al intruso, comienza a sentarse cuando el muchacho lo mira nuevamente y, con una sonrisa aún más grande, le dice:

—Señor Paulson, ¿no me reconoce? Soy Andrés, el que solía cortar su césped hace 15 años.

Ricardo no puede creer ni a sus ojos ni a sus oídos: este joven es el mismo Andrés que cortó su césped durante años y en quien él siempre creyó que sería muy exitoso. "Que mal", piensa, "probablemente perdió su camino y está experimentando con drogas también".

—Oh, sí, Andrés, ¿cómo estás? ¿Qué te pasó? ¿Todo bien?

Ricardo sólo puede pensar en hacerle preguntas, porque está tan consternado por su oreja izquierda, que es al menos cinco veces más grande que la otra.

—Oh, no, Señor Paulson, todo está bien. Soy emprendedor ahora, tengo mi propia empresa, una consultoría de tecnología. Ayudamos a otras empresas con sus computadoras y demás.

Ricardo, quien está tratando de tragar toda esta información y lidiar con todo lo que está pasando con el cuerpo de este muchacho, recuerda de inmediato que Andrés era un buen chico, un verdadero ejemplo: siempre respetuoso, siempre puntual y siempre hacía un trabajo de alta calidad en su jardín. Ricardo le hace más preguntas sobre sus aventuras y queda muy impresionado, casi orgulloso de sus logros, tanto que lo invita a sentarse en su mesa para ponerse al día. Pero Andrés tiene cosas que hacer; después de todo, es emprendedor.

Después de hablar algunos minutos más, se despiden cordialmente y Andrés se va. Ricardo toma su lugar, su mesa favorita donde pertenece, y finalmente puede relajarse. Respira un momento para tranquilizar la emoción de haber visto a Andrés después de tanto tiempo y con tantos cambios. Mientras ve su periódico y escanea alrededor del café, recuerda un día hace mucho cuando era niño, cuando entró en un café de su pueblito y encontró a su abuelo. Como Ricardo vio que su abuelo no estaba haciendo nada, instó y luego rogó a su abuelo que saliera del café para jugar con él. Pero su abuelo, ya jubilado hacía muchos años, estaba tan contento y tranquilo en el café entre sus compañeros que se quedó allí. Ricardo no lo entendió en ese momento, pero ahora lo perdona. Es abuelo ahora y no necesita nada más que relajarse con su bebida favorita y un periódico haciéndole compañía.

El encuentro con Andrés lo hace reflexionar sobre sus propios prejuicios; "quizá no debería juzgar a nadie antes de conocerlo", piensa. Pero pronto lo abandona, porque sabe que algo malo debe haber en la mente de ese muchacho, que realmente no está pensando correctamente, ¿porque le haría eso a su cuerpo? No, la próxima vez que se encuentren, Ricardo lo enderezará, todavía hay esperanza para Andrés, y Ricardo está dispuesto a asumir la responsabilidad, después de todo, le dio su primer trabajo.

Ricardo, un poco animado debido a su nueva responsabilidad, se tranquiliza. Está contento. Con el último trago de su bebida, decide que ha pasado suficiente tiempo en el café por hoy y que mañana será mejor. Limpia su mesa, tira su basura donde pertenece y echa un vistazo para chequear que no dejó nada. Mientras sale, el anciano que había estado leyendo su periódico le dirige una sonrisa y Ricardo le devuelve una cortés. De camino a su casa piensa en su modelo de plástico, tal vez va a darle un vistazo. Luego, recuerda que necesita pintura de aerosol y pegamento. Tal vez otro día, cuando tenga el tiempo.

Roy Phelan

El Camino

(Basada en la película **Locke (2013),** de Steven Knight)

El despertador sonó y Richard lo apagó inmediatamente. No estaba durmiendo realmente, no había podido hacerlo durante la noche entera. Sabía que tenía que levantarse de prisa sin molestar a su esposa, que en ese momento parecía estar en coma respirando profunda y pacíficamente a su lado. Su espalda desnuda se enfrentaba a él y Richard quería acariciar y besar su bella piel, pero no podía arriesgarse a despertarla.

Se levantó rápido pero tranquilo y fue al baño a prepararse para el día. Luego, como si fuera otro día de trabajo, se puso sus pantalones color caqui, una camisa blanca y colgó su corbata azul alrededor de su cuello sin atarla. Era el jefe de su proyecto y, por más que no le gustara, tenía que llevar una corbata. Rumbo a la cocina se detuvo un segundo para abrir la puerta del cuarto de su hija. La observó en su cama. Ella llevaba su pijama de Coco y, aunque estaba durmiendo pacíficamente, parecía haber tenido una batalla con su manta: una mitad reposaba en la cama mientras la otra yacía enredada sobre el suelo. Su pelo era un desastre, iba en todas las direcciones. "Qué tierna y a veces terrible puede ser", pensó cariñosamente mientras cerraba la puerta después de unos segundos. Ella tenía un gran día por delante. "Te lo compensaré", susurró Richard rozando sus labios ligeramente contra la pintura blanca de su puerta cerrada. Pasó por la cocina sin comer; quizá podría recoger algo en el camino, fue directamente al garaje, subió a su nuevo y prístino Porsche y salió.

El primer paso de su plan resultó exitoso, se escapó de la casa sin que nadie lo notara. Tomó su ruta normal hasta la autopista, sólo se detuvo en un Starbucks para su café y magdalena, los que comió mientras manejaba con sus rodillas; era experto en hacer cosas mientras manejaba; podría haber leído un libro al mismo tiempo. Cuando llegó a la autopista, la tomó en dirección opuesta a la habitual: fue hasta el este, donde el sol de la mañana relucía tanto que tuvo que bajar la visera. Una vez en la autopista, se preparó mentalmente para lo que estaba a punto de hacer. El estrés de lo que debía resolver ese día se sentía como una tonelada de ladrillos sobre su cuello y hombros. Podía sentir los músculos de su cuello tensarse y ponerse rígidos, pero estaba listo, e incluso un poco aliviado, pues ya no tendría que esperar. La espera había sido la cosa más difícil de soportar. Había aguardado este momento con nerviosismo e impaciencia por meses y, finalmente, recibió la tan ansiada llamada en la tarde del día anterior. El tiempo no podía haber sido peor, pero iba a hacer lo que creía que necesitaba hacer. Toda su experiencia previa le decía que, como hombre, no tenía otra opción. No había mucho tráfico, porque era muy temprano por la mañana, por eso podía exceder el límite de velocidad por mucho. Tenía prisa, quería llegar a tiempo y ya estaba atrasado.

Miró a sus alrededores mientras conducía. Conocía esta ruta bien —todavía estaba a apenas unos 8 kilómetros de su casa—, pero nunca la había visto tan tranquila, casi vacía de tráfico y gente. La fábrica de autos parecía dormida, algo que nunca creyó que pasaría. Incluso el tiempo estaba raramente calmo, no había viento y solo se vislumbraban débiles caprichos de nubes en el cielo. Reparó en su celular en su soporte, sabía que en 42 minutos iba a tener que llamar a su capataz. Mentalmente repetía lo que iba a decirle, hasta que su celular sonó, casi a pedido. Era su esposa. Claro, se había dado cuenta de que Richard había salido de la casa sin despertarla. No contestó, no estaba listo para hablar con ella, tendría que esperar porque necesitaba estar más lejos antes de hablar con ella.

Ahora, estaba saliendo de los límites de la ciudad y la tierra se estaba abriendo. El tamaño de los terrenos aumentaba y el verde de los árboles empezaba a dominar el paisaje. Notó una casa al lado de la autopista que nunca había visto antes, ni una vez en las miles de veces que había viajado por allí. La casa estaba claramente abandonada y arruinada, el techo se había derrumbado hace mucho, todas las ventanas estaban rotas y la chimenea se desmoronaba, parecía que estaba a punto de caerse. Si la casa había estado pintada alguna vez en el pasado, en ese momento no había ninguna evidencia de ello. Pero, al mismo tiempo, el césped del jardín estaba verde, denso y recién cortado. En medio había unos columpios que lucían completamente nuevos, su pintura verde, roja y amarilla resplandecía con la luz de la mañana. Era obvio que alguien cuidaba el jardín meticulosamente. Los columpios colgaban quietos, aparentemente esperando a algún grupo de niños que quisieran jugar alegremente en ellos. Aunque Richard no notó conscientemente el contraste entre la casa en ruinas y los columpios inmaculados, este lugar llamó su atención, incluso redujo la velocidad para mirarlo un poco más, pero tan pronto como quedó atrás, se esfumó de su mente. Tenía otras cosas de qué preocuparse.

Hizo una inspiración profunda, extendió su mano, tomó su celular y marcó a su segundo al mando, quien contestó casi inmediatamente:

—Richard, ¿Dónde estás? —por poco gritó.

Richard le dijo:

—No puedo trabajar hoy, Fernando, tengo algo personal e importante que hacer.

Un segundo de silencio siguió, y luego la voz al otro lado del teléfono reclamó, esta vez mucho más fuerte y con desesperación:

—Richard, estamos vertiendo el cemento hoy, sólo tenemos una oportunidad para hacer los cimientos correctamente, te necesito ¿no puedes hacerlo otro día?

Clara y tranquilamente, Richard le respondió:

—Fernando, tienes la experiencia, sabes cómo hacerlo y estaré cerca de mi celular si me necesitas.

—¡De todos los días en el proyecto ¿no puedes estar aquí hoy? ¡Javier no lo va a aceptar!

Su colega estaba entrando en pánico. Javier era el dueño de su empresa de construcción y sabía que iba a reaccionar mal. Richard siguió explicándole que no iba a aparecer ese día y que Fernando tendría que aceptarlo, tomar el control y la responsabilidad de todo. Richard, aunque apenas podía respirar, mantuvo la calma. Juntos revisaron el proceso. Era uno que habían hecho juntos muchas veces, pero sabían que era un proceso frágil y sensible, porque tendrían que lidiar con miles de toneladas de cemento. Acordaron los pasos, en los cuales Fernando llamaría a Richard para confirmar su progreso. Cuando colgaron, Fernando se sintió un poco mejor, Richard, al menos, no se sintió peor. Tarea uno completada.

Siguió por la autopista y, por ahora, sólo podía ver tierras de cultivo. Los grandes campos de maíz, avena y otras cosechas que en esa época estaban maduras y listas para ser recolectadas. Tuvo la fugaz idea de parar para comprar vegetales frescos para su familia, pero se le olvidó rápidamente, tenía demasiada prisa. Marcó otro número:

—Hospital de Los Ángeles de Santa Bárbara, ¿en qué le puedo ayudar? —contestó la voz.

—Busco a Julia Fernanda de Vázquez —dijo Richard.

—Le transfiero a su habitación, señor —dijo la voz, y le siguió el exasperante tono de espera. Sonó y sonó hasta que, finalmente, entró a un buzón de voz. Richard colgó sin dejar un mensaje.

Su ansiedad subió otro nivel. No quería, pero sabía que tenía que llamar a su esposa. Ensayó otra vez el guion que había preparado mentalmente durante los últimos días y la llamó.

—¿Dónde estás, Richard? Estamos listas y llegaremos a la escuela en 20 minutos —dijo ella apresuradamente sin la cortesía de un saludo.

Richard escuchó la urgencia en su voz y sabía que sólo empeoraría. Le respondió:

—Sara, no puedo ir. Tengo una emergencia y no puedo ir —sonó sincero y firme.

—Es el primer día de escuela de tu única hija, sólo va a pasar una vez en su vida ¿Cómo puede ser que no vengas?

Ahora se la oía claramente enojada, como si fuera a agarrarlo de la garganta a través del teléfono.

—Hermosa, no puedo hablarte ahora, te lo explicaré esta noche, pero no puedo ahora —imploró, abandonando completamente el guion.

—¡No me lo puedes explicar! ¿Quieres hablar con tu hija y decirle que no puedes explicárselo? ¿Quieres que yo se lo explique?

Mientras ella seguía gritando, el celular de Richard sonó de nuevo: era su jefe, Javier.

—Tengo una llamada que tengo que contestar mi amor, te llamo más tarde.

Richard oyó su voz levantarse una octava mientras colgaba y contestaba la otra llamada.

—Richard, ¿Dónde estás? Empiezan a verter en 30 minutos —exigió su jefe.

—Todo está bajo control Javier, Fernando sabe lo que hace —respondió Richard débilmente.

—Es el día más importante del proyecto y no estás allí, te pago para estar en el trabajo…

Mientras Javier se quejaba y gritaba, Richard pudo oír que su esposa lo estaba llamando constantemente y, cuando Javier terminó su diatriba, Richard le imploró:

—Javier, tengo un problema personal y urgente que tengo que resolver. Sé que el momento no puede ser peor, pero no tengo otra opción.

—Richard, si los cimientos no salen bien, voy a tener que despedirte. No tendré otra opción —amenazó.

—Lo entiendo Javier, estoy en contacto con Fernando y todo va a salir bien, te lo prometo —dijo Richard, intentando calmar la situación.

Hablaron varios minutos más sobre los detalles del proyecto y Javier sólo se enojó más, no entendió por qué Richard no podía explicárselo.

Cuando finalmente colgó, Richard vio que tenía cinco llamadas perdidas de su esposa. Se dio cuenta de que estaba empapado con su propio sudor y su pecho estaba tan apretado que apenas podía respirar. Frotó su cara con su mano y luchó contra su deseo de llorar, algo que no había hecho desde que era niño. Agarró el volante con fuerza, demasiada fuerza y, rechinando los dientes, se regañó por haberse metido en una situación tan estresante y complicada. Estaba perdiendo el control de sus emociones y necesitaba mantener la compostura; salir bien de ese día terrible exigía toda su concentración, tenía que mantenerse presente. Dejó que el aire acondicionado bañara su cara y cuello, en este estado alterado parecía como si pudiera sentir cada molécula enfriada artificialmente. La autopista estaba entrando a las estribaciones de una cordillera cercana, al otro lado de la cual estaba su destino. Su Porsche atacó las colinas como si no fueran nada.

Mientras subía las montañas, Richard perdió la red de celular. Estaba solo en su coche, su dominio privado, entre montañas bellas cubiertas por una manta de árboles verdes. Trató de disfrutar el paisaje, pero no podía; estaba demasiado preocupado por no llegar a tiempo. Pensó en escuchar la radio, pero decidió que el ronroneo suave del motor de su coche deportivo y caro lo tranquilizaría más. Entró en un trance, estaba siguiendo las curvas y las inclinaciones como si fuera un felino grande persiguiendo su presa. Detrás del volante de su coche se sentía bajo control, como el hombre que creía que era.

Observó las fincas a lo lejos, cada una tenía sus vacas, cerdos, pollos y los perros siempre presentes. Parecían casi autosustentables en sus lugares aislados. No tenían que lidiar con fuerzas externas, solo trabajan en lo suyo, la única cosa de la que tienen que preocuparse. Se preguntaba si los granjeros tenían tantos problemas como él. Aunque luchaba para enfocarse en solucionar todos sus asuntos, sus pensamientos daban vueltas alrededor de su mente sin una dirección clara. Qué alivio era, aunque temporal, estar sin señal.

Pocos minutos más tarde, bajando de las montañas, la señal del celular volvió. Richard finalmente pudo llamar a su destino de nuevo. Marcó, y casi inmediatamente, la voz del otro lado dijo otra vez, como si fuera una grabación:

—Hospital de Los Ángeles de Santa Bárbara ¿en qué le puedo ayudar?

—Julia Fernanda de Vázquez por favor, es una paciente —repitió Richard.

—Un momento —dijo la voz.

Sonó otra vez y contestó esta vez un hombre, simplemente con un "Bueno". Richard, un poco desprevenido al escuchar la voz de un hombre, explicó:

—Busco a Julia Fernanda de Vázquez ¿está allí?

Richard esperó un momento y luego otra voz, femenina y evidentemente agotada, dijo:

—Hola.

—Soy yo, Julia, Richard, estoy en camino ¿Cómo estás? ¿Todo bien? —dijo Richard ansiosamente.

—Richard, es bueno escuchar tu voz —respondió Julia, con una voz un poco débil pero sinceramente feliz. Oírla tranquila y serena hizo que Richard se sintiera un poco mejor, pero ella siguió—. Richard, tengo buenas noticias, es un varón, sano y fuerte.

—¿Qué? ¿Ya nació? ¿Cómo puede ser? Me fui tan pronto como pude después de que me llamaste. Sólo estoy a 45 minutos del hospital, voy a llegar pronto —respondió Richard, aún más ansiosamente.

—Richard —dijo ella con su voz todavía tranquila pero ahora más firme—, Richard, es un varón, ya nació porque llegué al hospital anoche y ya he estado aquí más de 12 horas. Te llamé apenas me di cuenta de que tenía que ir al hospital.

Richard casi entró en pánico, había querido mucho estar con ella cuando diera a luz, pero se esforzó por calmarse y luego le dijo:

—Julia, podemos hablar después de que llegue, todo va a estar bien.

—Richard, lo siento, pero no puedes venir. Mi familia está aquí, me van a llevar a casa en poco tiempo. No quieren conocerte, no quieren estar contigo. Solo crearías problemas. Sólo te dejé un mensaje anoche por cortesía, no quería decir que vinieras.

Julia lo dijo tan suavemente como pudo. Richard casi golpeó el techo de su coche.

—¿Cómo puede ser? Soy el padre, soy el padre, tenemos un hijo juntos —y luego agregó frágilmente y sin convicción—. Tengo derechos.

En respuesta, Julia se mantuvo tranquila y respondió:

—Richard, eres un hombre con quien pasé una noche hace 9 meses y no te he visto después. Tienes derechos, sí, pero tienes que respetarme también.

—Pero las cosas son diferentes ahora, compartimos un bebé, estamos conectados permanentemente —suplicó Richard, luchando por decir cada palabra, había deseado tanto hacer lo correcto esta vez. Julia siguió:

—También eres el hombre que me dijo que no quería este bebé, que quería que abortara. No tenemos una relación y voy a ir a la casa donde nací y crecí con mi familia.

Aunque las palabras que había dicho eran duras, se mantuvo calmada e incluso habló con toda la empatía que pudo reunir. Richard seguía implorando a Julia poder ver a su hijo, pero era en vano. Julia se quedó firme y resuelta.

Eventualmente, Richard se dio cuenta de que no iba a hacerla cambiar de opinión, y entonces decidió ceder. No podía entenderlo, realmente intentó hacer lo correcto, un padre debe estar presente cuando su bebé nazca ¿no es así? Es lo que ha visto en todas las películas, la mujer se embarazaba y el hombre hacía lo correcto. Pero, de hecho, y aunque no quería admitirlo, una mitad o más de él estaba claramente aliviada de no tener que llegar al hospital; después de todo, el bebe, su familia y Julia literalmente eran extraños. Claro, Julia, la fuerza inamovible que era, lo estaba liberando de su responsabilidad. Una vez que Richard se percató de que ella no estaba pidiendo nada, se dio por vencido ¿Qué podría exigir, si Julia no esperaba nada? Entonces se despidieron amablemente y Richard colgó.

Tomó la primera salida de la autopista para dar la vuelta. Cuando llegó al camino, se detuvo al lado de la carretera rural para recuperarse un rato. Tenía que pensar, tenía que respirar, necesitaba un plan. Sostuvo su cabeza entre las dos manos. Algo dentro de él le dijo que debería llorar, pero no podía encontrar la emoción ¿Debería sentir que perdió a un hijo? Le sonó loco y en lugar de lamentar su pérdida, estaba vacío. Solo quería hacer lo correcto por una vez en su vida. Había creído que su lugar estaba al lado de la madre de su nuevo hijo, que era su responsabilidad estar con ellos. Pero entre más pensó, más creyó que quizá fue mejor así. Ya tenía una familia ¿cómo podría mantener otra que estaba a 6 horas de su casa? ¿Cómo podría tener una relación con un hijo que vivía en una ciudad lejana? Quizá sería mejor no arruinar la vida de una segunda familia.

Sus pensamientos y preocupaciones volvieron a su esposa e hija cuando recibió un mensaje de texto de ellas; era un selfie de las dos sonriendo amplia y felizmente mientras compartían un helado. Qué tiernas, dulces e inocentes lucían. Había perdido el día entero, y la realidad de lo que hizo lo golpeó como un martillo. Cómo había podido ser tan estúpido. Las semillas de duda sobre sí mismo finalmente empezaron a brotar, algo a lo que no estaba acostumbrado.

Empezó a idear cómo iba a explicar por qué no estaba allí en ese día tan importante. Consideró que quizá no tenía que revelar su secreto. Luego recibió otro texto, esta vez de Fernando: "Todo bien aquí, terminamos los cimientos y todo salió excelente", incluyendo una foto de los cimientos perfectos. No sabía cómo reaccionar ¿Celebrar sería apropiado? De lo último que tenía ganas era de celebrar. Nada de lo que había experimentado en el pasado lo había preparado para este día. Como hombre, creía que tenía todo bajo control, que podía manejar cualquier asunto. Pero hoy había sido diferente, no entendía bien este estado de incertidumbre. Se deslizaba entre un vaivén de emociones que lo desconcertaba, no sabía cómo debería sentirse.

Luego, un campesino en una camioneta vieja paró a su lado y le preguntó a través de su ventana:

—¿Todo bien por acá, amigo, necesita algún tipo de ayuda?

La piel morena del campesino estaba llena de arrugas profundas; mirar su cara era como mirar lejos en el pasado. Richard lo miró sin decir nada y el campesino le sonrió, mostrando una boca donde faltaban algunos dientes, y repitió:

—¿Le puedo ayudar señor?

Finalmente, Richard despertó del trance en el que había entrado, sacudió la tensión que estaba suprimiendo y pudo mentir al anciano que todo estaba bien, que no necesitaba su ayuda y le agradeció. El campesino lo miró a los ojos y vio que a este hombre de la ciudad le faltaba algo más que auxilio mecánico. Entendió que no podía hacer nada y siguió su camino. Mientras el campesino se iba, Richard no pudo evitar ver la gran cantidad de óxido que cubría su camioneta. Los dos, el campesino y su camioneta, debieron experimentar muchas cosas juntos durante sus largas vidas.

Tenía que volver rápidamente a su familia, se enfrentaba a horas en la autopista y después a una mujer que esperaría respuestas. Mientras subía las montañas de nuevo y quizá por última vez, observó las fincas una vez más. Por alguna razón y sin darse cuenta, los perros en cada terreno llamaron su atención. La mayoría eran medianos, siempre marrones y algunos enclenques. Holgazaneaban perezosamente alrededor de las casas, especialmente evitando el calor del sol en la sombra de los porches. Luego, pasó por una finca que parecía aún más ruinosa que las demás, y en el jardín había un perro en particular que se destacaba. Algo era diferente con este perro; estaba de pie en la cima de una colina mirando fija y directamente a Richard mientras pasaba. El perro se parecía a un lobo, era más grande y su pelo era más largo y oscuro que el de los demás. También se percibía desde lejos una actitud orgullosa, insolente y decidida. Richard no pudo determinar si era un animal salvaje u otro perro domesticado; tampoco podía desviar su mirada de este animal impresionante. El animal no se movió, se quedó paralizado, pero todavía con altanería, mirando el coche que pasaba, hasta que desapareció de su vista.

Mientras sostenía el volante con las dos manos, miró al tablero de mandos de su Porsche con sus instrumentos modernos y precisos. Reflexionó solo un breve instante sobre la necesidad de comprar un coche tan caro, pero inmediatamente volvió a admirar su potencia y las miradas que recibía. No, el Porsche tendría que quedarse. Mientras consideraba la mentira que tenía que contar a su esposa, empezó a pensar en el futuro, sabía que habría más tentación, que un solo casi desastre no iba a disminuir sus deseos ni la llama que ardía por dentro ¿Podría resistir? ¿Podría quedarse con su familia el resto de su vida sin engañar otra vez? Bueno, se había salido con la suya y bien está lo que bien acaba. Sólo con el tiempo lo sabría.

Seguía en su ruta, tan emocionado como ansioso por volver a la normalidad con su familia, donde pertenecía, al menos por ahora. Quizá habían guardado un poco de helado para él.

Perdida en los suburbios

Gloria, sentada nerviosamente sola en un Starbucks, revisaba distraídamente sus correos electrónicos. Mientras acomodaba un mechón de pelo rubio que se deslizaba por su cara, se preguntó cómo era posible que tuviera tantos emails sin leer. ¿Qué había estado haciendo con su tiempo? ¿Por qué siempre tenía que lidiar con tantas trivialidades?

Vive en un pueblo aislado que generalmente es de la clase alta, pero todavía es un lugar histórico e íntimo. A veces, parece como si todos se conocieran por allí, aunque no siempre se saludan. Su casa es grande y bonita, una deseada por muchos, pero esta mañana no podía aguantar la soledad de las salas vacías y decidió hacer algo que nunca había hecho. Sus dos hijas ya se habían ido a la universidad —universidades de alta calidad, claro— para luego empezar sus propias vidas, pero en lugares demasiado lejanos para ella. Y su esposo todavía trabaja y viaja mucho. Es un hombre de negocios importante y ha provisto bien a su familia. Gloria ama a su familia y está muy orgullosa de ellos, pero necesita más. Su vida había empezado a sentirse cómo su casa, vacía.

Se sentó a su mesita, un poco incómoda de estar sola en un lugar público. Generalmente se encuentra con una amiga o dos para hacer cosas como desayunar, tomar un poco de vino en la tarde o ir de compras. Ir con amigas a comprar zapatos era una de sus actividades favoritas. Está bien conectada socialmente. Pero esta mañana resolvió que sería mejor aventurarse un poco. Fue a yoga en la mañana y practicó con su tapete al lado de una de sus mejores amigas y, después de bañarse, maquillarse y peinarse el cabello cuidadosamente, se puso su atuendo casual favorito: una playera blanca de algodón, que muestra un poco de su todavía plano estomago cuando levanta sus brazos, y sus pantalones cortos de camping. Tal vez son demasiado cortos para una mujer de su edad, pero cree que todavía tiene piernas atractivas y siempre quiere presumir su piel bronceada en el verano. Se siente linda, aunque es un sentimiento delicado. Por supuesto es una mujer guapa, pero cualquier comentario leve podría destruir su confianza, después de todo, ya tiene poco más de cincuenta años.

No quería que sus amigas, o especialmente los amigos de su esposo, la vieran sola; entonces fue algunas millas hasta un Starbucks donde no encontraría a nadie que la conociera. Creía que podía estar más relajada allí, pero aún no estaba segura de no ser reconocida por nadie. Bueno, no estaba haciendo algo malo; estaba perfectamente bien estar en un Starbucks revisando su correo. Tal vez, si se encontrara a alguien que la conozca, diría que tenía una cita, pero la otra persona había cancelado a último minuto. Estaba tranquila por tener una buena excusa, aunque no podía explicar por qué se sentía culpable por estar sola.

Levantó la vista de su laptop justo cuando la puerta del café se abrió y un hombre entró. Gloria lo reconoció inmediatamente. Es un hombre que ve en su clase de yoga a menudo; de hecho, había estado en su clase esa mañana. Se preguntó brevemente cómo tenía el tiempo para siempre estar en su clase favorita. Nunca habían hablado, ni siquiera se habían saludado. Entonces volvió su mirada a su computadora rápidamente para que sus ojos no se encontraran. Es un hombre alto, delgado; parece ser, o al menos haber sido, un profesional. No es un miembro del círculo de amigos de ella o de su esposo, pero es del tipo que encajaría.

Gloria deseó que no estuviera allí, esa aventura era suya. Sintió que él caminó un poco más lento mientras pasaba cerca de ella. Mantuvo sus ojos en su laptop y se reposicionó nerviosamente en su silla de madera. No pudo concentrarse. Mientras estaba en la cola, Gloria echó un vistazo breve en su dirección. ¡Estaba mirando directamente hacia ella! Él le dedicó una sonrisa tranquila y segura, y con un movimiento de cabeza la saludó. Ella esbozó una sonrisa nerviosa; iba a decirle "hola", pero nada salió, y abruptamente regresó a su computadora.

"¿Qué quiere este hombre?", se preguntó, pero hubiera sido de mala educación no reconocerlo.

Resolvió no dejar de mirar su computadora hasta que este tipo saliera del café. Empezó a esforzarse en trabajar con sus correos. Había uno del estudio de yoga, pudo borrar esto sin leerlo. Luego vio uno de su ex universidad, un boletín informativo, podría ser interesante. Le recordó su paso por la Universidad de Nueva York, donde estudió artes. Todavía le gustaba pintar, pero no había hecho nada en mucho tiempo. Se preguntó si todavía tenía sus pinturas y pinceles. Decidió buscarlos después de volver a casa. También pensó que tal vez fuera hora de visitar el museo de arte, hay uno que es muy bien considerado en el centro de la ciudad cercana.

Pero enseguida oyó una voz masculina y llena de seguridad diciendo:

—La clase de esta mañana estuvo desafiante, ¿no?

Gloria miró hacia arriba y vio al hombre mirándola directamente con su café. Se lo dijo como si fueran amigos en medio de una conversación.

—Oh, sí —respondió ella desprevenida, pero sonriendo instintivamente, y antes de que pudiera pensar en otra cosa que decir, él dijo, tal vez demasiado íntimamente:

—Bueno, tienes una buena práctica, eres fuerte y flexible, parece que las clases son fáciles para ti.

—Oh, gracias, pero el yoga es un reto, me esfuerzo mucho y me gustan las clases de Darcy —respondió Gloria, mientras esperaba no ruborizarse. Pensó en halagar su práctica a cambio, pero inmediatamente se dio cuenta de que no quería darle la impresión de haberlo notado.

—Sí, a mí también; Darcy tiene un buen toque y crea un buen ambiente, todas sus clases se sienten distintas. Bueno, Gloria, mi nombre es Alfonso, no nos hemos presentado formalmente —continuó el hombre.

—Sí, mucho gusto, Alfonso —respondió ella, sin decirle que obviamente ya sabía su nombre. —Entonces estás trabajando ahora, ¿trabajas? —preguntó Alfonso.

—Oh no, sólo estoy revisando mis correos electrónicos —respondió, olvidando su mentira preparada mientras pensaba: "¿Qué es esto, la inquisición?".

—Bueno, tengo que irme. Espero que tengas un buen día, Gloria, nos vemos en la próxima clase —dijo el hombre, pronunciando su nombre fuerte y claramente.

Afortunadamente Alfonso se fue, de una manera quizá demasiado abrupta. Gloria podía sentir su corazón latiendo con velocidad. Aunque estaba feliz de que se hubiera ido, tuvo que reconocer que disfrutó su pequeña interacción. La alivió el hecho de que se hubieran presentado después de estar años en la misma clase, pero se arrepintió porque, desafortunadamente, ahora tendría que saludarlo cada vez que lo viera. El demostró ser más seguro de lo que había parecido. Tal vez sea un poco más guapo de lo que había creído también, aunque no es su tipo, normalmente no prefiere hombres tan pálidos ni delgados.

Además, es al menos diez o quince años mayor que ella. Ella parece más joven de lo que es y, por eso, normalmente prefiere hombres más jóvenes.

Regresó a revisar su correo, pero ya no se podía concentrar. Tomó otro sorbo de su café y pensó en la pregunta de Alfonso. Se cuestionó sobre por qué no trabaja. Su vida ya no tiene propósito después de que sus hijas se fueron. Se dio cuenta de que la pregunta que ella más odia es: "¿Qué haces?", simplemente porque no tiene una respuesta que le guste o, más importante, de la que esté orgullosa.

Siguió evaluando su vida, , eventualmente concluyó que tal vez una visita al Starbucks podría ser un poco divertida. Es posible que lo haga otra vez.

¿De qué lado estás?

No sabía dónde estaba o adónde iba precisamente, pero sabía claramente que no podía quedarse ahí. Por la posición del sol en el cielo, tenía una idea de la dirección a la que tenía que ir, pero realmente no sabía la ruta, si se acercaba a su destino o si se alejaba. De hecho, si era completamente honesto consigo mismo, no estaba seguro de cuál era su destino. El día era caluroso, la humedad sofocante, la sed interminable y el sol estaba fuerte. Se tambaleaba por la selva sin saber lo que el futuro le depararía.

Los caminos no eran seguros, y por eso estaba luchando en medio de una selva primitiva. Seguía una ruta secundaria, que creía que iba al sur, hasta la seguridad del centro de la ciudad, pero realmente estaba perdido. Si no podía encontrar a sus compañeros soldados, iban a asumir que era un traidor, un desertor. Es lo que había estado pasando por meses. Cada día, uno, dos, diez o más de sus compañeros desaparecían. Pero, ¿desertó de su pelotón? Ya habían perdido la batalla y los demás soldados se habían dispersado. Tenía que sobrevivir ¿no? Siempre había obedecido todas sus órdenes, pero ya no había nadie que pudiera dárselas. No había nada más que hubiera podido hacer, tenía que huir, la única otra opción era morir. Trataba de no pensar en su futuro, podría acabar en las manos de los guerrilleros o ser ejecutado por su propia compañía. Mejor pensar en agua y comida, quizá algún refugio, cosas alcanzables. Ya había pasado dos días luchando por la selva y dos noches durmiendo en este infierno de calor, humedad e insectos.

Escuchaba atentamente los sonidos de la calle, porque sabía que habría patrullas. En ese momento, no estaba seguro de si prefería ver a una de guerrilleros o a su ejército. A veces podía identificarlas por la música que retumbaba de sus vehículos; ni los guerrilleros, ni los soldados profesionales tenían mucha disciplina. Escuchó un vehículo en el camino que, de repente, frenó y paró a algunos cientos de metros de él. No podía verlo, pero no sonó amenazante, entonces siguió acercándose silenciosamente al sonido cuando, de pronto, la selva se abrió hacia una finca.

La finca era pequeña, sólo había una casa y un granero y los dos parecían haber estado allí desde siempre. Desde el borde de la selva, donde iba a quedarse hasta que todo estuviera seguro, podía ver que dos guerrilleros se habían bajado de su jeep. Hablaron y luego uno entró a la casa mientras el otro se quedó al lado del vehículo, relajado, pero todavía con su rifle listo. De repente, un grito resonó desde dentro, lo que hizo sonreír al guerrillero armado. En ese momento, su compañero salió abruptamente de la casa llevando a una chica por su cabello mientras ella gritaba y golpeaba a su captor con toda su fuerza, que en realidad no era mucha. El guerrillero se la entregó al hombre con el rifle y volvió a entrar. El hombre siguió sonriendo y disfrutando cómo luchaba esta chica hasta que ella jaló de su pelo; esto no le gustó y le propinó una bofetada severa en la cara. Ahora ella estaba llorando, todavía luchando, pero ya no con la misma energía.

El otro guerrillero estaba cargando el jeep con toda la comida que encontró; algunas latas, un pollo, huevos y otros víveres. Era la comida que el soldado necesitaba. Mientras que el otro estaba poniendo sus manos alrededor del cuerpo de la chica, sobre su cara, sus senos, lo poco que había, y entre sus piernas.

"Otra chica violada", pensó el soldado brevemente. Sólo podía pensar en la comida y el agua. Cuando parecía que ya habían robado todo, el segundo guerrillero rodeó el granero, disparó su rifle dos veces y apareció arrastrando dos cerdos pequeños. Después de tirarlos en el jeep, el primer guerrillero le ordenó envenenar el pozo mientras llevaba a la chica hasta la casa. El soldado se estremeció por perder el pozo, la única fuente preciosa de agua cercana. El segundo guerrillero agarró una bolsa de algún tipo de polvo y se dirigió hasta el pozo.

Desde la selva, el soldado ya estaba apuntando su rifle al pecho de quien estaba a punto de poner en peligro su supervivencia, pero sabía que no podía matarlo. No se podía arriesgar, seguramente habría más guerrilleros cerca y no debía llamar la atención. Iba a esperar hasta que los saqueadores se fueran, aunque parecía que iba a perder toda la comida y el agua que tanto deseaba. Luego, un chillido quebró el silencio tenso de la casa, uno que le dio escalofríos en la columna. Sin pensar, tiró del gatillo. La bala golpeó al guerrillero directamente en el centro de su pecho como un martillo e inmediatamente una neblina de sangre brotó de su espalda. Una mirada de asombro cubrió su cara y se hundió en el suelo. No se movería otra vez.

El soldado se quedó detrás de su escondite en la selva ¿Qué acababa de hacer? ¿Qué iba a hacer ahora? Apuntó su rifle a la puerta de la casa y esperó, mirando alerta también hacia la parte trasera. Gotas de sudor fluyeron por su cara y nublaron su vista. Sólo unos segundos después, el otro guerrillero salió por la puerta a toda prisa, sus pantalones todavía alrededor de sus rodillas y su rifle en mano. Vio directamente a su compañero e iba a levantar su arma, cuando otra ronda fue disparada. Otro golpe directo en el pecho y el guerrillero cayó de frente. Esta vez el soldado saltó de la selva al claro y primero tomó el rifle del último en caer, y después pateó con bronca al otro que estaba frente a la puerta. El guerrillero, que ahora yacía en un charco de sangre creciente, emitió un gruñido y empezó a levantar un brazo en un intento inútil de recuperarse. Sin vacilar, el soldado le disparó en la base del cráneo. No tuvo que pensar, fue un acto al que estaba acostumbrado.

El soldado tenía que moverse rápidamente. Era muy posible que hubiera otros guerrilleros en el área y seguro habían escuchado los tiros. Se volteó para entrar a la casa y apareció la chica, sollozando profusamente, pero también apuntando un rifle directamente a su pecho. El soldado podía haberle disparado fácilmente en ese momento, pero vaciló. Ya había matado a civiles, aunque siempre con una orden o, al menos, ante circunstancias sospechosas. Esta vez sólo era una chica, semidesnuda, llorando, que apenas podía sostener la carabina y probablemente no sabía cómo usarla. El soldado levantó sus brazos en un acto de rendición y la miró. Si iba a morir, iba a morir así; quizá sería un alivio. En vez de dispararle, la chica empezó a hablar a duras penas:

—Ustedes ya mataron a mi familia, ya tomaron todo…

El soldado apenas podía entenderla. La muchacha, que estaba corroída por el miedo y los nervios, bajó el arma dándose cuenta de que no podía disparar a nadie.

El soldado tomó su rifle sin una palabra, notó que ni siquiera estaba cargado y lo tiró a un costado. Fue directamente al pozo, bajó el cubo que encontró al lado para llenarlo, lo subió y tomó tanto como pudo y vertió el resto sobre su cabeza. El agua templada lo refrescó y quería hacerlo otra vez, pero no había tiempo. Inmediatamente fue a los cuerpos. Puso sus armas en el jeep y los arrastró detrás del granero en un intento mediocre de esconderlos. Luego, fue con prisa a la casa para buscar más comida. Estaba hurgando los gabinetes de cocina mientras la chica le gritaba:

—Vas a tomar todo, vas a dejarme acá para morir.

Su voz estaba en el fondo de su mente, quería olvidar que ella estaba allí, que era su casa y su comida las que estaba robando. Tenía que apurarse, no sabía cuándo llegarían otros guerrilleros; podría ser en cualquier momento. Antes de partir, hizo algo apenas pensando: fue a los cuartos buscando ropa. Encontró ropa de hombre, se quitó su uniforme hecho jirones y se puso jeans y una camisa. Sabía, inconscientemente, que con este acto sencillo había determinado su destino. Ya no podía volver al ejército, a su barrio, ni a su familia: era un desertor.

La chica seguía gritando en el fondo de su mente:

—¡Su ropa también! Ya lo mataron ¿y ahora te llevas su ropa?

El hombre tenía que decidir qué iba a hacer ¿Iba a seguir caminando por la selva o iba a tomar el jeep? Fue al vehículo y vio que no podía llevarse toda la comida y tampoco podía dejar el jeep así, a simple vista. Fue alrededor del granero y encontró las llaves en el bolsillo del cuerpo de uno de los guerrilleros; tomó toda su munición también. Volvió al jeep, pero cuando estaba a punto de subirse, la chica cayó de rodillas, agarró su tobillo y comenzó a suplicar:

—Por favor, me van a matar, me van a violar, me van a matar, no hay nadie aquí, me van a violar.

El soldado se la quitó de encima y subió. La chica se quedó en el suelo sollozando perdidamente.

Encendió el jeep e iba a irse; pero, por primera vez, vio a la chica directamente. Sabía que ella tenía razón, que los guerrilleros iban a encontrar los cuerpos y luego, al menos, la buscarían y la torturarían. Tenía dos opciones, matarla o llevarla con él. Quizá sería una buena cubierta tenerla como compañía. La levantó bruscamente del brazo y casi la lanzó dentro de la camioneta. En realidad, sólo tenía una opción, no podía matarla, simplemente no podía, pero no sabía lo que iba a hacer con ella. La regañó sin mirarla:

—¡Deja de llorar!, haces demasiado ruido.

Ella trató de hacerlo, pero temblaba tanto que parecía que convulsionaría. Aunque no podía tranquilizarse, estaba ligeramente aliviada de estar con el soldado, dejando atrás el único hogar que había conocido. No confiaba en este soldado, pero tampoco podía quedarse sola en medio de una guerra.

El soldado arrancó rápidamente y se frustró porque no podía ver mucho más allá de cien metros frente a él, ya que los bordes de la selva invadían cada vez más los dos lados del sendero, parecía que las plantas iban a tragarlo en cualquier momento. Sabía que iba a encontrar otros guerrilleros, que sólo era una cuestión de tiempo, y por eso su rifle estaba listo sobre sus piernas. Estaba manejando a toda velocidad en una ruta que no tenía salida del territorio enemigo, acompañado además de una chica menor de edad. Iban a pensar lo peor y, si lo mataran rápidamente, sería la mayor piedad que podía esperar. No sabía qué hacer, realmente, seguir manejando sería su sentencia de muerte. Caminar por la selva representaba una muerte quizá más terrible, seguramente fallecería de sed o de alguna enfermedad horrible. Simplemente no podía pensar, pero la sensación de poner kilómetros entre él y los dos muertos lo obligó a seguir.

—¡Dobla aquí! —gritó de repente la chica, que ya se había tranquilizado.

El soldado rápidamente frenó. "¿Doblar? ¿Dónde?", pensó mientras escaneaba la selva para encontrar una salida entre una maraña interminable de hojas, ramas y enredaderas.

—¿Quieres manejar directamente al campamento de los guerrilleros? Acabamos de pasar por un sendero, pon reversa —le ordenó la chica, mirándolo directamente y con un tono firme que lo sorprendió. Por primera vez, el soldado miró su cara; ya no estaba llorando. Detrás de su pelo, que colgaba aleatoriamente, sus ojos, que minutos antes estaban llenos de desesperación y angustia, se vieron decididos. Su cara, cubierta de polvo y sudor, ahora parecía diferente, quizá no tenía 15 años, quizá tenía más.

—¿¡Qué esperas!?, ¡Da reversa!

Sus palabras lo sacudieron y puso el jeep en reversa y arrancó. Después de cien metros ella le ordenó:

—¡Para! —y el soldado pisó de golpe los frenos—. Por allá —dijo la chica apuntando a una parte de la selva que parecía como una cueva negra, no mucho más grande que la puerta de una casa—. ¡Adelante! —exigió.

Giraron y se zambulleron en la selva, entrando en un espacio que parecía completamente oscuro hasta que sus ojos se acostumbraron. Ya no podían ver el sol debido a la densidad de la selva. Se dio cuenta de que iba a extrañar su resplandor, algo que no había podido sentir durante sus días vagando por esos túneles de vegetación.

El soldado apuntó el jeep en dirección al vacío negro y avanzó despacio. Al entrar, las hojas de la selva se cerraron inmediatamente detrás, tragándolos en la oscuridad. A pesar de que apenas podían ver de frente, tenían que seguir mientras las hojas y ramas de la selva golpeaban y se arrastraban a lo largo de su vehículo. Después de manejar 15 minutos, el soldado se sentía más seguro, nadie podría seguirlos en este lugar; pero luego se percató de que no tenía ninguna idea hacia dónde se dirigían.

—¿Adónde vamos? —preguntó a la chica.

La chica le explicó que iban a seguir en este sendero hasta que llegaran a un campamento que era de su abuelo, que estaba al borde de la selva, cerca de una cordillera de montañas donde podían quedarse y estarían a salvo. Su voz sonó extrañamente calmada y clara. El soldado aceptó su explicación sin comentario.

El soldado necesitaba tiempo para pensar, y la idea de estar en un lugar seguro lo hizo relajarse un poco. Por el momento, podía enfocarse en manejar el jeep por este sendero rudimentario y lleno de plantas. Revisó el nivel de gasolina por primera vez, le quedaba un poco más de tres cuartos de tanque. Supuso que seguirían en esta dirección hasta que se les acabara y luego caminarían. Quería poner tanta distancia como pudiera entre él y los guerrilleros. Los dos se quedaron en silencio mientras el camino los hacía rebotar de arriba a abajo y de lado a lado. Después de horas de conducción, el soldado podía sentir que estaban yendo cuesta arriba y que el aire que podía sentir desde la cabina abierta se estaba volviendo un poco más ligero y fresco. Subieron y subieron por varias horas más, y poco a poco las hojas de la selva golpeaban menos el jeep. El soldado se inquietó, porque la vegetación estaba abriéndose, exponiéndolos al cielo desnudo.

Revisó la gasolina otra vez, el indicador decía que estaba vacío. No le importaba que se les acabara; cuando no sabes adónde vas, no es muy importante. De hecho, tener el jeep, propiedad de los guerrilleros, lo ponía nervioso. En ese momento las plantas estaban cambiando de un follaje frondoso, denso y suculento a pinos y otras plantas secas, duras y espinosas. Pero el cambio más grande para él fue la amplia expansión del cielo azul intenso. La selva era una manta completa de verde oscuro sólo interrumpida por lunares aquí y allá, con delgados rayos de sol ondeando por pequeñas aberturas. Pero ahora, el cielo parecía más grande que nunca y el sol era una bola amarilla brillante con rayos extendidos a todos lados. Cualquiera cerca podría haberlos detectado fácilmente.

—Dejemos el jeep aquí —ordenó la chica—. Podemos esconderlo acá.

Le sonó bien al soldado, que pensó que era mejor guardar un poco de gasolina. Entonces frenó el jeep y se bajó. Habían llegado a este otro mundo y, aunque todavía estaba muy aprensivo, finalmente podía respirar y estirar las piernas. Extendió sus brazos hacia arriba en el aire y respiró profundamente para despertar su cuerpo. Miró atrás, hacia la selva, que podía ver desde esa altura fácilmente. Vio que los rodeaba una alfombra verde sin límite en todas las direcciones. Estaba feliz de dejar atrás ese lugar sofocante y lleno de insectos. Luego miró a su alrededor, estaba atardeciendo y la chica ya había sacado una carga de víveres y empezó a caminar hacia el sol, justo por encima del horizonte, por un sendero poco visible. Sólo podía ver su silueta, delgada pero fuerte y quizá un poco más alta de lo que creía. Tomó un gran trago de agua, sacó los víveres que quedaron en el jeep y la siguió.

Una vez que vio la cabaña se relajó. Era pequeña, sólo de una habitación, y parecía que nadie había vivido allí desde hacía mucho tiempo; pero el soldado no había dormido bajo un techo en semanas, y cualquier lugar era mejor que dormir al aire libre. Al entrar, la chica puso lo que estaba llevando sobre una barra y el soldado imitó sus pasos. La cabaña tenía piso de madera, un área para cocinar donde había un brasero y un techo que parecía que nunca podría evitar que la lluvia entrara. Había una mesa rudimentaria en el centro acompañada por dos sillas y, en una esquina, un catre de hierro. Todo estaba lleno de polvo, telarañas y excremento de varios roedores. La campesina empezó a trabajar, el soldado salió para ver lo que había afuera. La choza estaba en medio de un grupo de pinos y, al otro lado, había un arroyo mediano. Decidió recorrer el área.

Durante sus primeros pasos, advirtió de que estaba confiando en la chica sin dudarlo, que simplemente aceptó lo que ella proponía. Se estremeció. Podría ser una trampa y había conseguido engañarlo. "Por favor, sólo es una campesina, ¿cómo podría ser un truco?", pensó, riéndose de sí mismo. Qué pensamiento tonto, solo es una campesina. Fue directamente al arroyo. Encontró un charco arremolinándose que parecía acogedor, se acercó y notó que el agua era completamente clara y que podía ver cada guijarro en el fondo. Se quitó la ropa y entró. El agua estaba helada y el soldado apenas podía aguantar el frío, pero se quedó tanto como pudo. Sintió que su piel se encogía en un intento de protegerse del congelamiento. Sumergió la cabeza y cerró los ojos bajo la corriente refrescante. Trató de limpiarse, pero sabía que necesitaría más de cinco minutos en el arroyo para estar completamente limpio. Esperó que el agua fría calmara la picazón interminable de los cientos de picaduras de insectos de la selva. Salió del arroyo y, después de vestirse, siguió examinando el terreno. Observó todo buscando alguna evidencia de guerrilleros, pero no vio nada; sólo la inmensidad de la selva, que parecía que trataba de escalar la montaña para envolverla y sofocarla, pero no podía, una fuerza invisible se lo impedía. El soldado se preguntó por qué la línea entre la selva y las montañas era tan delgada y bien definida ¿Qué hacía la diferencia? ¿Por qué no había un área gris, un área donde hubiera un poco de selva entre algunos pinos? Claro, la selva quería tomarlo todo y luchaba hasta el último centímetro. Oscurecía, y decidió volver.

Al llegar a la cabaña, vio que la chica había preparado un plato de porotos y mandioca.

—Esta es tu comida, y duermes allí —dijo apuntando a un colchón sobre el piso en la esquina al otro lado del catre—. Voy a bañarme en el arroyo, quédate aquí dentro.

Mientras salía, él notó que ella llevaba un jabón. Engulló su comida y luego una sensación de sueño lo superó. Se arrastró hasta su colchón y se acostó. Inmediatamente se durmió, cayó en coma, sin darse cuenta de que estaba completamente exhausto.

Se despertó lentamente al día siguiente por el ruido que la chica hacía mientras limpiaba la cabaña. Había estado completamente inconsciente toda la noche. Tuvo un sueño donde estaba flotando sobre su espalda en el mar bajo el sol, subiendo y bajando con cada ola suave, sentía como si no tuviera una preocupación, como si no fuera a ahogarse ni necesitara alcanzar la orilla. Se quedó con un sentimiento agradable, pero se le olvidó rápidamente. Puso sus pies en el piso y se sentó, todavía vistiendo su ropa del día anterior. Miró a la chica, que estaba fregando las paredes y el piso enérgicamente y con determinación. Quizá ella era mayor de lo que pensaba, quizá tenía veinte años, sólo cinco años menos que él. Sin mirarlo, la chica le dijo que su comida estaba lista sobre la mesa. El soldado estaba hambriento; se levantó, agarró su mandioca y una presa de pollo y los tragó casi con desesperación. Se quedó de pie al lado de la mesa.

—Tengo que irme a la capital —soltó, sin pensarlo demasiado.

—Pues estás a 250 kilómetros y la ciudad más cercana está a 100 kilómetros de aquí.

Ella salió de la cabaña sin decir más. El soldado, un poco desconcertado, se dio cuenta de que necesitaba un plan, y se sentó a pensar. La idea de caminar 100 kilómetros por la selva a un lugar que no conocía no era atractiva. El soldado no podía pensar en un plan, ni siquiera sabía cómo terminó en este lugar sin su uniforme, sin ningún conocimiento de dónde estaban sus compañeros, ni de lo que iba a hacer. Decidió que más valía esperar y meditar profundamente sobre lo que haría. Ya estaba lejos de donde pertenecía, y uno o dos días más no iban a hacer una gran diferencia.

Luego lo sacó de su estado reflexivo el familiar estruendo de un rifle: "Bum". Automáticamente se levantó y buscó su fusil. ¡Ahhh! ¡Había dejado todas las armas en el jeep! Ya que no había ventanas, entreabrió la puerta y miró hacia afuera. No podía ver nada ¿Qué podía hacer sin su rifle? Sólo esperar a ser asesinado. Enseguida salió corriendo a toda velocidad hasta el jeep; prefería morir luchando que esperando. Lo encontró, a pesar de que casi no podía verlo por estar cuidadosamente encubierto entre la vegetación. Se deshizo de las ramas y buscó furiosamente su rifle, pero no estaba allí; ninguna de las armas estaba en el jeep. ¿Qué iba a hacer? ¿Quién las había robado? Su desesperación aumentaba y, de repente, escuchó el sonido de una rama rompiéndose detrás de él e instintivamente levantó sus brazos en un intento de rendirse antes de que lo asesinaran. ¡Qué tonto era! Se le olvidaron completamente las armas y no hizo nada para protegerse. La chica probablemente ya estaba muerta. Escuchó pasos acercándose a él. Se congeló con sus brazos levantados y sus ojos cerrados esperando, al menos, un golpe severo con la culata de un rifle.

—No quiero problemas, sólo soy un campesino —lloró patéticamente.

Pero la persona pasó sin hacer nada, y siguió hacia la cabaña. Se volteó y miró. Era la chica con un pecarí muerto en una mano y el fusil en la otra, andando casualmente. El soldado cayó de rodillas y agradeció a Dios por estar todavía vivo y se comprometió a tener más cuidado desde ese momento en adelante.

Fue hacia la choza donde la chica ya estaba preparando el pecarí.

—¿Dónde están las armas? —exigió el soldado.

—Oh, el campesino quiere saber dónde están las armas.

La chica tenía una sonrisa casi imperceptible.

—¿Dónde están las armas? —repitió en un tono que aclaraba que no estaba jodiendo.

—¿No acabas de rendirte ante mí? Creo que eres mi prisionero le respondió ella, disfrutando claramente su frustración.

El soldado simplemente la miró y, en ese momento, tuvo un pensamiento fugaz de que esta muchacha podría ser un poco atractiva. Finalmente, articuló un "por favor" que logró hacer que ella cediera y le dijera que todas las armas estaban en una caja de madera debajo del catre y que necesitaría las llaves para abrirla. El soldado fue a recoger su rifle, tenía que recordarse que era un soldado. Sólo hacía 24 horas había matado a dos guerrilleros, pero se sentía como si estuviera en otro mundo y otro tiempo en este lugar. Iba a mantener su rifle a su lado todo el tiempo, iba a limpiarlo, iba a recorrer los alrededores y planear su ruta de fuga. Tenía que empezar a comportarse como el soldado que era. Pero a la vez, no podía dejar de pensar que una taza de mate cocido sabría muy bien en ese momento.

Sus tareas de soldado le tomaron el resto de la jornada, aparentemente se había despertado al mediodía. Se bañó en el arroyo, esta vez con el jabón, y regresó a la cabaña; por supuesto, con su rifle listo en mano. Justo fuera de la cabaña, los dos cerdos se asaban en un espetón arriba de una fogata, María ya los estaba ahumando para más tarde. Emanaban un olor tentador. Al entrar a la cabaña el olor de algo cocinándose en el brasero lo asombró aún más.

—¿Qué estás cocinando? —preguntó a la chica.

—Toma tu lugar —ordenó ella en respuesta.

El soldado se sentó obedientemente a un lado de la mesa.

La chica puso la olla enfrente de él y el soldado se dio cuenta de que era un guiso de pecarí, algo que amaba, pero no había comido en años. Estaba tan bueno que el soldado se comió dos platos grandes con mucha mandioca y luego se recostó satisfecho en su silla. Miró a la chica, que todavía estaba comiendo más delicadamente, y concluyó que ella tenía más o menos su edad.

—¿Cuántos años tienes? —preguntó.

Ella lo miró y en cambio le dijo:

—Mañana tienes que recoger leña y llenar el jarro con agua. También tienes que preparar el terreno, voy a sembrar maíz en el campo.

—Pues —respondió el soldado— no soy granjero, soy soldado.

—¿Cuál es tu nombre? —prácticamente demandó la chica.

—Me llamo Carlos —respondió inconscientemente, mientras se fijaba más en cómo iba a decir que nunca haría las tareas de un campesino.

—Bueno, 'Carlos el soldado', si quieres comer, tienes que trabajar.

"Esta chica tiene agallas", pensó y decidió que no valía la pena discutir con ella. Claro, él era el jefe y era quien tomaría las grandes decisiones.

Cuando el soldado se despertó al día siguiente, la chica ya estaba trabajando. Salió de la cabaña y fue al arroyo para refrescarse. Era una mañana bonita, sintió. El sol ya se estaba acercando al mediodía, el aire era fresco y dulce y se sentía vivo y despierto. Podía respirar fácilmente por primera vez en mucho tiempo. Quería recorrer más el terreno, pero quizá primero recogería un poco de leña. Entonces, empezó a juntar ramas secas alrededor del arroyo y las llevó al lado de la cabaña. Finalmente, había acumulado una pila moderadamente grande y estaba orgulloso de su contribución. La chica salió de la cabaña ocupada con sus tareas y miró la pila y luego al soldado.

—Carlos, quiero mostrarte dónde quiero plantar el maíz.

Le habló con un tono casi dulce.

—Por favor, va a tomar meses para que esté listo —se quejó Carlos.

—¿A dónde vas? —le respondió ella.

Claro, Carlos no tenía respuesta y la siguió hasta un lugar donde el terreno estaba un poco más llano, aunque todavía lleno de piedra.

—Necesitamos quitar las malas hierbas y la mayoría de las piedras de aquí. En esta región ya hay papas, no toques nada. Las herramientas están al lado de la cabaña.

Ella estaba hablando naturalmente, como si Carlos fuera a ayudarla, como si fuera otro campesino. Carlos iba a discutir, pero el día estaba tan bonito y tenía tanta energía que pensó que podía intentarlo. Fue a la cabaña, apoyó su rifle contra la pared y agarró las herramientas. Ni siquiera sabía sus nombres y menos aún sus usos. Bueno, no iba a darle a la chica la satisfacción de explicarle lo que eran, podía resolverlo por sí mismo.

Carlos terminó trabajando toda la tarde entre turnos de baños breves en el arroyo. No sabía por qué empezó a realizar la dura tarea de labrar la tierra, pero estaba disfrutando el aire fresco, el sol caliente sobre su espalda, el ejercicio de los músculos y, quizá, la satisfacción de hacer un trabajo honesto. Tuvo el pensamiento fugaz de que debería recorrer el área por los guerrilleros, pero esto no le preocupaba mucho. Cada vez se sentía más y más seguro, aunque sus enemigos estaban sólo a algunos cientos de kilómetros de él, al otro lado de la frontera, escondidos en la densidad de la selva.

Después de trabajar hasta justo antes de la caída del sol, se bañó y entró a la cabaña, donde su comida lo esperaba sobre la mesa. De golpe se acordó de su rifle, salió corriendo y se sintió aliviado de que todavía estuviera inclinado contra la cabaña al lado de la leña. Regresó y se sentó en su lugar esperando a la chica para empezar a comer. Ella se sentó y, de la nada, reveló:

—María Fernanda López García.

Carlos la miró dulcemente y contestó con cortesía:

—Mucho gusto en conocerte, María.

Mientras los días pasaban, Carlos siguió ayudando a María en el campo, recogiendo leña y arreglando la choza, pero también pasaba mucho tiempo cazando. A pesar de que María podía ser mandona, Carlos se estaba relajando. En el fondo de su mente le molestaba no tener un plan para volver, pero empezó a sentir gradualmente que no quería hacerlo. No solo no era posible, sino que también era algo que no quería hacer. Evitaba pensar en lo que iba a pasar después de que se les acabara la comida.

Un día, Carlos mató a un guasu y lo arrastró a la cabaña. María le mostró cómo colgarlo de un árbol, cortar el vientre para destriparlo y desollarlo. Antes, ella había recogido yuyos aromáticos y frutas silvestres. Se dieron un banquete esa noche. Después, se sentaron juntos fuera de la cabaña mirando hacia arriba, las estrellas y hacia abajo, la selva. Carlos se sentía entre dos mundos. Hablaron de cómo podían mejorar su pequeño hogar en lo alto de las montañas, cómo reforzar el techo de la cabaña y cuidar el maíz. María le dijo:

—Tenemos que reforzar las paredes también, porque viene el invierno, no queremos congelarnos.

Esto hizo que Carlos pensara en su futuro y se puso nervioso. Miró a María y tocó su brazo y luego su mano cariñosamente. Ella llegó a confiar en él y, aunque no entendió bien sus intenciones, aceptó su acto de bondad e intimidad.

—Puedes quedarte aquí —le dijo ella—, no es seguro volver.

—Ya lo sé, pero ¿cuánto tiempo podemos quedarnos aquí? Nos van a encontrar o vamos a morir de hambre ¿Cuál prefieres, María?

María simplemente sonrió en respuesta. En ese momento, entendió cuáles eran los deseos de Carlos.

Al día siguiente, Carlos se puso a reforzar el techo y a aislar las paredes de la cabaña y se dio cuenta de que iba a llevarle una semana o más. Bueno, tenía tiempo, los inviernos en este lugar no eran severos, pero no quería pasar frío. Carlos pasaba las mañanas trabajando en la choza y en las tardes cazando. Ya tenían suficiente carne seca para meses, pero a Carlos le gustaba explorar las montañas y, pues, prefería la carne fresca mucho más. Así pasaron el verano y entraron al otoño. Temprano una mañana María lo despertó. Aunque no quería despertarse, se sintió bien la sensación de sus manos; había pasado mucho tiempo desde que una chica lo hubiera tocado.

—¡El maíz está listo! Tenemos que recogerlo, ¡despiértate! —ordenó a Carlos, que no quería salir de su cama. Pero la emoción de María era contagiosa; entonces se incorporó y la siguió hasta el campo de maíz. De hecho, estaba emocionado pensando en comer maíz fresco. Trabajaron todo el día recogiéndolo, Carlos tuvo que seguir las instrucciones detalladas de María. Al terminar, Carlos anunció:

—Voy a preparar el maíz esta noche.

Esto sorprendió mucho a María, porque antes Carlos no había levantado un dedo para preparar la comida.

—Voy a asarlo —declaró.

—Bueno, señor chef, primero tenemos que llevarlo a la cabaña —respondió ella.

Esa noche María y Carlos comieron bien. El maíz era rico, aunque estaba un poco quemado. Hablaron de las preparaciones para el invierno. Ya había suficiente comida, tenían que enfocarse en conseguir más leña, y los dos se lamentaron de que se les acabara el jabón, el único lujo que habían tenido. María sorprendió a Carlos con mate después de cenar. A Carlos le parecía que lo tenían todo. Hablaron, y aún bromearon hasta tarde. A la mañana siguiente, Carlos, ahora llevando una barba larga y salvaje, se acercó a María, tomó su mano dulcemente y le dijo:

—María, no hay otra persona con quien quiera estar, creo que siento algo por ti.

María sonrió tranquilamente, algo que no hacía mucho y respondió:

—Carlos, yo también te quiero, pero somos diferentes. Yo puedo vivir aquí, así, para siempre; es como crecí. Pero tú, no. Vas a tener que irte en cualquier momento. Ahora es nuestro tiempo, pero va a pasar.

Carlos supo que ella tenía razón, que, aunque disfrutaba su vida entre la selva y las montañas, estaba contando los días.

—Pero ya lo decidí: podemos ir a la gran ciudad y comenzar una nueva vida —suplicó Carlos débilmente.

María explicó a Carlos que ella nunca podría vivir en una ciudad tan grande, y los dos siguieron hablando por horas. Carlos quería besarla, pero sabía que no sería correcto, sentía un gran respeto por esta chica fuerte con quien nunca podría tener un futuro. Eran compañeros, en realidad, unidos con la misma fuerza, pero sólo por fortuna. Carlos lamentó la manera en que la trató al principio y pensó en todo lo que ella había tenido que pasar. Los dos se dieron cuenta de que tenían destinos diferentes a pesar del ardor que sentían por dentro.

Carlos nunca tuvo muchos amigos cuando era chico; tampoco logró buenas calificaciones, era un estudiante promedio como mucho. En doce años de la escuela nunca tuvo una relación con ninguno de sus profesores; normalmente lo regañaban por no estar listo, por no hacer su tarea o, simplemente, por no prestar atención. Pero una vez logró un 4.5 de 5.0 en un examen, algo que nunca había logrado antes ni lograría después. Cuando la profesora le pasó su examen, con su calificación grande en rojo en la parte de arriba de la primera página, le dijo:

—Buen trabajo, estoy orgullosa de ti.

Carlos se asustó de que su profesora supiera su nombre, fueron las primeras palabras que ella le dirigió directamente. Desde ese momento nunca se le olvidaron. Seguramente se esforzó más en esa clase. Más tarde, estaba orgulloso de que el ejército de su país lo hubiera aceptado. Siempre había tenido miedo de que nadie lo aceptara.

María y Carlos pasaron el invierno juntos en su cabaña que, para entonces, a ellos les parecía bonita. Carlos talló la silueta de un guasu y la colgó en la pared arriba de su colchón, quería dejar un recuerdo de él en la casa. María tejió un mantel para la mesa que la hacía verse bonita. También tenían buenas conversaciones de cosas de las que Carlos nunca había hablado, y se rieron más de una vez sobre "su rendición". Una noche, frente a una fogata, cuando los dos se dieron cuenta de que estaban pasando sus últimos días juntos, María le preguntó a Carlos algo que lo descolocó:

—¿Quieres matar a todos los guerrilleros? ¿Quieres que el gobierno gane?

Carlos se dio cuenta de que nunca había pensado en esta cuestión. Claro, no quería que el gobierno perdiera, porque los guerrilleros lo habrían matado, pero nunca fue un asunto de ideología. En ese momento, realmente no tenía idea, sólo había aceptado que era un soldado del ejército y que iba a hacer lo que se le ordenara sin cuestionarlo. Era lo que los mejores soldados hacían.

—Hubieras sido un guerrillero si hubieras crecido en los campos —le dijo María sin pelos en la lengua.

Carlos sólo pudo inclinar su cabeza, no podía negarlo. Originalmente, cuando se enlistó a la edad de 17 años, creyó que podía ser un buen soldado, que iba a defender a su país, pero poco a poco había perdido esta convicción. En ese momento sólo quería dejar atrás esos problemas: sabía que nunca iba a resolverlos.

Se podría decir que los dos eran íntimos, al menos tanto como podían, hablando de cosas que nunca dijeron a otras personas. Pero todavía había una barrera entre ellos, una aceptación tácita de que no iban a estar juntos para siempre. Aunque fue difícil, gradualmente Carlos empezó a preguntarse quién era. ¿Qué significa ser un soldado? ¿Es suficiente sólo ser un soldado? En otra ocasión, María le preguntó:

—Carlos, ¿por qué siempre dices que eres un soldado? ¿Alguna vez has dicho que eres un hombre?.

En ese momento no comprendió lo que ella quería decir, María nunca había presionado sus puntos. "¿Por qué necesito decir que soy hombre? ¿No es obvio?", pensó. Pero tampoco podía dejar de lado esa pregunta ¿Qué representaba ser un hombre? Es difícil ser íntimo con una persona que no se conoce bien a sí misma.

A medida que pasaron los días, los dos dejaron de pensar en el futuro y en el pasado. Estaban juntos y disfrutaron el tiempo precioso que compartían. Trabajaban durante el día y se emocionaban al preparar la comida, comer y pasar la noche uno al lado del otro mirando las estrellas y la selva vasta. Pero los dos sabían que no iba a durar para siempre. Eran conscientes de que Carlos tenía que irse, de que tenía muchas cosas que olvidar y aún más por descubrir. Cuando finalmente llegó el día, ninguno de ellos estaba completamente listo. María ayudó a Carlos a empacar. Rellenó su mochila con tanta carne seca como pudo y también escondió un dulce de miel de caña que había preparado para esta ocasión especial y triste.

—¿Vas a estar bien, María? —preguntó Carlos, aunque sabía que era él el que iba a tener el camino más difícil. María era capaz y fuerte, claro que iba a estar bien. Carlos memorizó la ruta, primero a Corrientes, luego a Rosario y, finalmente, a Buenos Aires. Quizá podría enganchar un bote.

—Cuídate —le dijo María—. Demostraste que eres un buen hombre.

Otras palabras que iba a recordar para siempre. Se miraron y se abrazaron. No había mucho que decir, ya habían compartido todo, ya se entendían. Carlos se fue. No sabía qué iba a hacer o cómo iba a mantenerse, sólo buscaba una vida a la que pudiera pertenecer.

Roy Phelan

Un hombre respetado

Raúl se sienta en su escritorio moviéndose tensamente de un lado a otro. Delante están los cinco oficinistas que trabajan para él. Los colocó así para poder echarles un vistazo, un buen jefe puede hacer su propio trabajo y vigilar a sus empleados simultáneamente; después de todo, es responsable de ambas cosas. A pesar de que los trabajadores son flojos, todas las cabezas están agachadas trabajando, sabiendo que los ojos de su jefe podrían posarse sobre ellos en cualquier momento. No es un jefe exigente. De hecho, casi nunca critica a sus empleados directamente, pero tiene una manera casi imperceptible de fruncir el ceño cuando las cosas no van bien, y sus subordinados nunca lo pierden.

Su escritorio es un ejemplo para todos. Limpia la pantalla de su computadora cada mañana ¡A qué velocidad las pantallas pueden acumular el polvo! Hay cinco lápices afilados, rotuladores en cada color, un reloj digital que muestra claramente la hora y una engrapadora con su nombre pegado con cinta adhesiva a la vista de todos. Su teléfono está programado con todos los números importantes en marcado rápido. El removedor de grapas, una herramienta importante para un oficial de préstamos, está listo a su lado. Como Raúl aprendió en un entrenamiento de gerencia: Un escritorio limpio y organizado representa una mente limpia y organizada.

La foto de él y su familia, sacada por el fotógrafo de la plaza local hace ya cinco años, destaca en su mesa de trabajo. "Qué hermosa familia", comentan muchos de sus clientes.

Durante el día, Pedro, un examigo de la prepa, llega al banco y, afortunadamente, Raúl lo detecta al entrar. Pedro siempre está feliz de verlo y sonríe ante la vista de su amigo. Cada vez que se ven, cuenta con gusto la historia de cuando Raúl fue golpeado por un lanzamiento que forzó una marca y por eso su equipo de béisbol ganó el campeonato. Raúl, quien odia esa historia con cada fibra de su cuerpo, se esconde rápidamente en el baño hasta que Pedro se va, y agradece a Dios que ya no tiene que jugar béisbol. Ya casi nunca ve a sus compañeros de la prepa.

Raúl echa una mirada ansiosa al reloj, son las 4:45. Finalmente se acaba el día, estaba a punto de explotar del estrés, un día típico en el departamento de préstamos en la sucursal principal de uno de los bancos más grandes de su país. Sólo quince minutos más, aunque son los más tensos de la jornada. Revisa la entrada del banco para ver si hay clientes; vacía, gracias a Dios. No puede creer que haya personas que tengan el atrevimiento de llegar en los últimos minutos antes de cerrar, realmente deberían comportarse mejor.

Mira de reojo a Silvia, su empleada, levantándose de su silla. Siente los músculos de la nuca contraerse mientras ella se acerca. ¿Qué problema podría tener a esta hora? A pesar de que recibe evaluaciones aceptables, no puede superar los problemas más sencillos. Después de años en el trabajo es incapaz de tomar sus propias decisiones. Ya tiene 55 años y quizá se está volviendo más lenta. Probablemente, esta vez tiene una pregunta pequeña que va a tomar mucho más de los quince minutos que quedan del día. Raúl sabe que va a ser una cuestión insignificante, pero ella no va a entenderla. Será muy frustrante. Empieza a sudar. Silvia camina por delante de él, dedicándole una sonrisa cortante al pasar.

—¿A dónde vas? —vomita Raúl abruptamente, sorprendiéndola.

—¡Vaya! Voy al departamento de crédito para resolver el problema con el crédito de la familia Rodriguez —responde ella casi sin mirarlo mientras sigue adelante.

—OK, pero no tardes mucho —dice Raúl débilmente a pesar de que Silvia ya está fuera de su alcance. "Qué alivio", piensa Raúl, no es un problema, pero probablemente debería haberlo revisado con él.

A las 5:00, los empleados empiezan a guardar sus cosas para irse. Raúl no puede creer lo lento que se mueven. Ha pensado mucho recientemente en cambiar su equipo por uno nuevo de alto rendimiento, pero sería demasiado trabajo. Quizá hablaría sobre esto con su jefe, aunque primero necesitaría tener un buen plan. Lo malo, actualmente, es que Silvia todavía está en el departamento de crédito. Raúl decide que va a salir antes que ella sin importarle que, como jefe, debería ser el último en irse. De todas maneras, él es un asalariado y no le pagan por el tiempo extra.

Una vez dentro de su carro, se relaja un poco. Enciende el motor y siente la brisa fresca del aire acondicionado en su cara. Pone la radio y, aunque hay demasiados anuncios, disfruta escucharla mientras maneja. Espera que no haya mucho tráfico, como la mayoría de los días. Su camino a casa puede ser la única paz que consiga en todo el día y no quiere arruinarlo.

Parado en un semáforo, nota que la muchacha en el Mercedes Benz a su lado es joven y atractiva. Piensa en ella, sabe que le haría muchas cosas si no estuviera casado. Mientras sigue fantaseando, ella mira en su dirección, Raúl voltea su cabeza rápidamente para que no lo encuentre mirándola fijamente. Ahora está sudando un poco; piensa en la última vez que coqueteó con una muchacha y no puede recordar nada. Cree que es ella la que debería coquetear con él. Después de todo, es el gerente en un banco importante. Pero, probablemente, el obstáculo solo es su coche; quizá debería haber comprado un carro más prestigioso, su Toyota Corolla ya tiene 10 años y nunca va a impresionar a nadie. Seguramente ella lo hubiera notado si también tuviera un coche alemán lujoso. Todavía evitando la mirada imaginada de la hermosa chica a su lado, mira su panza, que ya no le permite ver su cinturón. Pronto empezará un programa de ejercicio. Quizá comprará una caminadora, pero una acción tan radical tiene que planearse, y ¿dónde la pondría? No, es mejor esperar.

Al girar en la entrada de su garaje, frena el carro. Su vecino, Marco, mientras arregla su motocicleta entretiene a dos muchachos locales con una anécdota aburrida sobre sus aventuras. Raúl se tensa al pensar en toda la atención que recibe Marco solo porque tiene una motocicleta. De todos modos, ¿por qué comprar una motocicleta que siempre tienes que arreglar? Raúl piensa que, si quisiera, podría comprar una nueva Harley, una que no necesite tantas reparaciones, sería igual de popular.

Del otro lado de su calle, los niños del barrio están divirtiéndose en un jardín cercano. La mejor amiga de su hija, Daniela, quien ya tiene 15 años, está jugando con ellos. Raúl nota que ya tiene cuerpo de mujer. Tan perfecta es su piel, tan cortos son sus shorts. Raúl nunca la tocaría, pero puede imaginar muchas cosas que tienen que ver con ella. Ella mira en su dirección. De repente se dirige hacia el garaje sin saludarla, está seguro que ella no lo encontró mirándola. Daniela piensa que Raúl debe estar ocupado porque tiene un trabajo importante en el banco, lo sabe porque lleva traje todos los días.

Después de entrar a la casa, pasa directamente hasta la recámara, evitando la cocina donde está María, su esposa de los últimos 18 años. Puede saludarla cuando llegue el momento. Su celular suena. Es su amigo "exitoso" de la universidad, Horacio. Horacio ya ha tenido dos nuevas empresas exitosas y quiere que Raúl trabaje en la tercera. Le hizo una buena oferta, mucho más dinero de lo que puede ganar en el banco porque, según Horacio, necesita a alguien inteligente, pero al mismo tiempo maduro y estable, en contraste con él mismo. Raúl tiene que pensar en cómo declinar la oferta. No quiere oír las historias de Horacio y cuánto dinero ha ganado en sus otros logros. De todos modos, Horacio está por fracasar. El tiempo para ofrecerle el trabajo hubiera sido antes. Deja que la llamada entre al buzón de voz.

En su recámara se quita el traje para ponerse sus jeans favoritos mientras evita ver su reflejo en el espejo. Le gusta la manera en que sus jeans le quedan holgados, solía sentirse una estrella de rock llevándolos, pero actualmente sólo son otros pantalones. Se pondría su playera favorita, la que tiene una foto del gran Jimi Hendrix, pero ya no le queda bien. Algún día va a estar en mejor forma para llevarla de nuevo.

Se acerca a su esposa, en algún momento tiene que enfrentarla, ¿por qué no terminar con esto ahora? No quiere en absoluto oír su lista de problemas de hoy, pero tiene hambre y quiere ver que van a comer, esperando que no sea quinoa ni col rizada otra vez.

—Hola querido, ¿cómo te fue en el día? —dice ella con una sonrisa.

Aunque es agradable, se estremece al sonido de su voz.

—Bien —fue la respuesta, Raúl apenas puede hablar con ella. Estaba a punto de mencionar que vio a Pedro en el banco, pero no quiere explicarle por qué no habló con él.

—Ana tuvo un examen importante hoy, por favor, seamos amables con ella, está nerviosa —advirtió su esposa.

"Caramba, aquí viene la lista. ¿Por qué todo el mundo tiene que decirme cómo debería comportarme? Soy el padre, sé bien cómo tratar a mi hija", piensa Raúl, sin estar consciente de la causa real de su irritación.

—Esta noche tenemos que planear nuestras vacaciones, se va a hacer tarde para hacer las reservaciones —continúa María.

"Uf, no sólo tienes que ir de vacaciones, tienes que planearlas también", piensa Raúl con frustración.

Durante la cena, María describe su día, todas las cosas que hizo, y Ana explica con demasiado detalle su examen y les habla de un muchacho, el cual insiste que solo le cae bien cuando es obvio que está enamorada de él. Raúl, perdido en sus propias preocupaciones, se pregunta si habrá un partido de fútbol en la televisión esa noche. Sólo quiere que todo el mundo deje de molestarlo y un partido de fútbol sería una buena escapada del ruido irritante y constante que hace su familia. Una vez satisfecho con la comida, sin una palabra, busca una oportunidad para levantarse de la mesa. Raúl ama a su familia, pero apenas la puede aguantar.

María se acerca a Raúl después de limpiar la cocina.

—¿Qué pasa Raúl? Pareces distante hoy.

María se preocupa profundamente por Raúl, que ya está mirando su partido, por lo que ignora su interrupción. María siente que no quiere hablar, pero sabe que debe hablar.

—Bueno, recuerda la fiesta este sábado —dice ella rápidamente.

Raúl, sin responder, deja claro que prefiere mirar la televisión; ni la mira ni le responde. María entonces se va. Qué alivio que haya algo para ver en la televisión que María no quiera ver, mirándola solo es la única manera en que puede encontrar paz en su propia casa. Después de un rato, Raúl disfruta la noche una vez que todo el mundo está en cama. María se pregunta si el trabajo de Raúl es demasiado estresante. Ser un jefe importante debe serlo.

En algún momento, a mitad del segundo tiempo, Raúl empieza a dar cabezadas y decide que se le acaba el día, que tiene que ir a la cama. Apaga la televisión de mala gana y, mientras camina hacia la recámara, ve su jardín por la ventana. La luna es extraordinariamente grande y brillante. Puede notar todo en el cielo nocturno misteriosamente iluminado, así que se detiene para contemplar el escenario. Por un momento breve recuerda su primera cita con María, y cómo ella se rio sin inhibición después de que él derramó agua sobre su nueva falda. Su risa hizo que se sintiera cómodo en una circunstancia normalmente embarazosa. No es ella la que ha cambiado. Ella ha sido el epítome de una esposa feliz, hermosa, cariñosa y siempre apropiada en público desde que se casaron hasta el día de hoy. ¿Qué más puede pedir un hombre como Raúl? Respiró profundamente cerrando los ojos con fuerza en un intento de volver al presente, algo que normalmente evita. No puede, y si fuera honesto, no quiere recordar claramente cómo llegó aquí, a esta casa, casado, con dos hijos, fuera de forma y aburrido. El pasado está nublado. Se pregunta si tomó decisiones o las cosas simplemente pasaron. ¿Hubo una bifurcación en el camino? ¿Tomó el camino equivocado? Aunque nunca podría saberlo con exactitud, se siente como una víctima; sin ningún poder, sin ningún control, flotando por un río que sólo va en una dirección: cuesta abajo.

Cuando su cabeza toca la almohada, espera que mañana no sea un día tan estresante como el de hoy.

Tres gotas de café

A Urvano le molestaba el tráfico, simplemente no tenía la paciencia. Ni siquiera era la hora pico y la autopista ya estaba llena. Había tanta congestión que Urvano tenía que manejar su auto deportivo de alto rendimiento a menos de 40 kilómetros por hora. ¡Qué desperdicio de tal máquina de velocidad! Estaba rodeado de una multitud de Hondas, Toyotas y Kias; coches indistintos, baratos y comunes que gente ordinaria manejaba. Trataba de disfrutar la elegancia de la destreza italiana en el interior de su coche; el cuero cosido a mano, la madera real y el acero inoxidable casi siempre lo hacían sentir mejor. Pero hoy estaba demasiado distraído; de hecho, pensar en él sólo lo llevó a pensar también en cómo iba a hacer los pagos mensuales. Seguramente tendría que deshacerse del coche de sus sueños, que sólo había comprado un año antes.

Urvano tomó su salida habitual, y estaba manejando hacia su departamento, pero no sabía lo que iba a hacer una vez que llegara. Aunque no hacía mucho calor ese día, estaba sudando y agarraba el volante como si estuviera a punto de estrangularlo. Lanzó una mirada rápida a la caja ubicada sobre el asiento de pasajero a su lado; una grapadora, una foto de su perro que había muerto hacía dos años, un índice de tarjetas de negocios, un trofeo de participación de un torneo de softball, y otras cosas de su escritorio la llenaban. Era todo lo que le quedaba después de 11 años de trabajo en el mismo despacho.

Durante toda su juventud quiso ser abogado. Cuando era niño, su papá tenía amigos que eran abogados. Siempre lo impresionaban con sus trajes de negocios, sus maletines de marcas de diseñador y sus coches lujosos. Pero lo más impactante era su confianza. Siempre hablaban con mucha confianza y siempre tenían razón. Se burlaban de los que no eran tan inteligentes y listos. Urvano quería ser uno de ellos, quería ganar su respeto y llevar trajes de negocios igual de elegantes. Seguro atraería a las chicas si fuera un abogado, algo con lo que no había tenido mucho éxito. Pero tener el título no sería suficiente, quería ser un profesional influyente, uno que fuera un líder en su especialidad y de su comunidad. Por eso eligió Ley internacional para su carrera, iba a trabajar en las mejores condiciones con clientes importantes.

Elena trabajaba desde su casa. Era diseñadora gráfica, tenía algunos buenos clientes y se mantenía bien. Estaba generalmente feliz, a pesar de que tenía una vida aislada y, en su opinión, probablemente seguiría así para siempre. Trabajaba en línea, casi nunca hablaba directamente con sus clientes, por lo que ni siquiera sabía cómo lucían. Trabajaba mucho porque le daba paz. Pero, de vez en cuando, quería estar entre otras personas, y un par de veces por semana salía de su casa para descansar en un café a la vuelta de la esquina. Andar por los parques e ir a su café eran las únicas fuentes de diversión en su vida. Le gustaba mirar a la gente que se divertía. Sabía que iba a tener una vida así por mucho tiempo, lo había aceptado desde que era chica. Desde hacía mucho tiempo se le había olvidado desear más.

Era viernes, el día que Elena iba al café. Se bañó, se maquilló y se vistió especialmente para la ocasión. Siempre había tenido un estilo diferente a los demás. Algunos días llevaba vestidos de colores brillantes y patrones dramáticos. También, normalmente tenían hombros acolchados, aunque hubieran pasado de moda hace años. A veces, parecía como si saliera de un video de música de los años ochenta. Pero ese día hacía calor y eligió un solero sencillo con sandalias de piel natural. Sus lentes de sol Ray-Ban eran el toque final. Se sentía bonita y salió alegremente.

Urvano estaba ansioso, había recibido una muy mala noticia ese mismo día y no tenía idea de cómo afrontarlo. El camino a seguir no estaba claro y no sabía qué hacer, estaba tan agitado que necesitaba un minuto para componerse. De repente, notó el café al que iba cuando era joven. Tenía buenos recuerdos de ese lugar, era la sede donde él y sus compañeros se reunían mientras iba a la prepa. Conoció a su primera novia allí y tuvo su primer beso con una chica popular en el estacionamiento. Se preguntó qué había sido de la vida de Sasha, pues;

probablemente se casó y se mudó a otro lugar, ¿quién sabe? Casi todos sus amigos de la prepa ya estaban casados. No sabía por qué se quedó soltero. Tuvo sus oportunidades, pero cada relación empezaba de manera emocionante y luego rápidamente perdía su ánimo. La chica siempre era la que lo reconocía primero, pero Urvano también estaba de acuerdo, nunca perdía a una chica que no quería perder, decía. Urvano continuamente usaba su carrera como excusa, decía que estaba demasiado entregado a ella como para mantener una relación. Bueno, seguramente algún día encontraría a la indicada.

Enseguida giró el volante y entró al estacionamiento del café. Se estacionó, bajó y luego, de pie fuera de su coche, sin pensar, se arrancó la corbata y el saco y los lanzó dentro del Alfa Romeo. Necesitaba respirar, su traje lo sofocaba. Empezó a caminar hacia la entrada cuando notó que una chica, de más o menos su edad, estaba yendo hacia la entrada también. Se veía linda desde atrás. Urvano se apuró instintivamente para poder abrirle la puerta. Pisó enfrente de ella justo a tiempo, abrió la puerta con un brazo y con el otro señaló que ella pasara primero ¡Qué gallardo! Era algo que le gustaba hacer, siempre ganaba una sonrisa y, si la encontraba atractiva, era una buena oportunidad para coquetear. Pero una vez que vio la cara de la chica, se decepcionó, no era tan linda como esperaba. Su sonrisa normalmente amplia para ocasiones así terminó siendo sólo una forzada y nerviosa. Bueno, estaba bien, no estaba allí para ligar. Tenía que pensar en sí mismo.

Elena lo reconoció inmediatamente. Era Urvano, un chico de su clase de la prepa y miembro del grupo de estudiantes más grande y popular. Nunca habían intercambiado una palabra directamente, pero lo reconoció sin duda alguna. Le trajo recuerdos a Elena que eran mejor olvidar. El grupo de Urvano incluía a los chicos populares. Ocasionalmente se burlaban de ella. Raramente eran cosas graves, pero este grupo hacía obvio el hecho de que Elena no formaba parte del grupo. Algunas cosas eran directas, pero eran las cosas indirectas las que le daban mucha vergüenza. "Elena, podrías cambiar asientos para que Sandra y yo podamos sentarnos juntos" y "Elena, puedes ser la compañera de laboratorio de Pedro, quiero otro compañero". Eran estos actos de exclusión los que la lastimaban más. Eran constantes y, para colmo de males, parecía que era ella la que tenía que estar consciente de no invadir su territorio. Aparentemente, era su responsabilidad. Hacía mucho tiempo que Elena había superado su ira hacia sus compañeros de clase, ya no le importaban, pero volver a ver a Urvano fue difícil de todos modos.

Durante los años de la prepa, Urvano siempre estaba rondando, pero Elena nunca pensaba en él. Normalmente era el chico en el fondo del grupo, claramente era un seguidor. Parecía que estaba de acuerdo con todo lo que sus amigos querían hacer, que no tenía una mente propia. De hecho, Elena se preguntaba por qué era un miembro de ese grupo, parecía que no pertenecía. Era grande, torpe, peludo y, de hecho, un poco lento. No era un atleta para nada, y definitivamente no era guapo. Era un miembro del grupo *cool*, pero no era *cool*. Más de una vez Urvano estaba presente cuando alguien en su grupo quería que Elena se fuera. Sin duda, Urvano nunca notaba lo que estaba pasando.

A Elena le gustó que Urvano le abriera la puerta, entonces vaciló un momento para verlo directamente y sonreír. Iba a decir algo, casi quería impresionarlo por recordar su nombre sin haberlo conocido directamente. Pero fue obvio que no la reconoció, entonces solo dijo "gracias" con dulzura, y rápidamente entró al café. Una vez dentro, Elena se paró y le señaló a Urvano que podía pasar enfrente de ella, ya había una pequeña cola de tres clientes esperando servicio. Urvano declinó su oferta, entonces ella se unió a la cola y comenzó a esperar con Urvano incómodamente merodeando detrás.

—Muchas gracias, ya no hay muchos caballeros en este mundo.

Las palabras de Elena fluyeron de su boca sin esfuerzo. Urvano sonrió otra vez en respuesta, sin decir nada. No iba a hablar con esta chica y se quedó quieto detrás de ella en la fila. Elena podía sentir su presencia, pero decidió que no era importante mencionar que lo reconoció. Cuando le tocó su turno, pidió su bebida favorita, "un frapuccino con leche de almendra, edulcorante, con hielo extra, con dos medidas de expreso y sin crema batida, grande, por favor". Urvano rodó sus ojos. "¿Qué tanto tiempo va a tomar esta bebida sensacional?", pensó. Sólo quería sentarse con su café y meditar.

Urvano había sido un estudiante promedio, pero tenía un papá influyente. Él lo había ayudado a ser aceptado en una buena escuela de derecho a pesar de sus calificaciones mediocres, y luego obtener una posición en una prestigiosa firma de abogados. En sus entrevistas,

Urvano se presentaba bien, sabía qué decir, cómo jugar el juego o, al menos, sabía cómo no ser ofensivo. Pasó sus exámenes en su tercer intento y después la firma de Gutiérrez, Montserrat y Maldonado lo aceptó felizmente en su club. Al principio, lo dejaban trabajar con clientes importantes, pero claro, en un papel secundario. Urvano se llevaba bien con sus compañeros en la oficina. Le gustaba ser abogado y no iba a hacer nada para arruinarlo. Tenía cuidado en ser respetuoso en todas las ocasiones, incluso con los asistentes siempre era educado.

Elena tomó su bebida y, aunque el café estaba lleno de gente, encontró una mesa al lado de la ventana cerca de una esquina, un lugar desde donde podía observar a todo el mundo sin ser notada. Tomó un trago de su frapuccino; un poco dulce, pero igualmente delicioso. Pero ¿adónde fue Urvano? Escaneó el café buscándolo y vio que todavía estaba esperando su bebida; entonces abrió su computadora para revisar sus tareas. Tenía un buen proyecto planeado para ese día: iba a diseñar un logo para una organización de caridad. Le gustaba diseñar logos porque podía usar su creatividad al máximo. Empezó a sumergirse en su trabajo.

Urvano finalmente recibió su café, puso tres cucharaditas de azúcar y crema en él, lo revolvió, volvió a poner la tapa y listo. Ahora tenía que encontrar un lugar para sentarse, el café se había llenado. Escaneó el salón buscando una mesa libre pero sus ojos aterrizaron en un hombre que lo estaba saludando. Era un sujeto con el que fue a la prepa y con quien no quería hablar en ese momento, pero no había manera de evitarlo, así que lo saludó y se acercó a él. Horacio era de contextura grande que tenía una voz en auge. Se levantó y extendió la mano para saludar a Urvano. Se abrazaron, Horacio estaba súper feliz de verlo.

—Urvano, ¿cómo estamos güey? —dijo con una sonrisa amplia, y enseguida los dos comenzaron a ponerse al día.

Lo que los dos hombres no notaron era que estaban hablando directamente al lado de la mesa de Elena; de hecho, estaban casi encima de ella. También hablaban fuerte, para poder escucharse en el barullo del café. Estaban tan cerca de su mesa, que Elena tenía que inclinarse para no estar completamente sofocada por los dos. "¿Estoy de regreso en la prepa?", se preguntó ella. Horacio y Urvano siguieron hablando por lo que pareció una eternidad para Elena.

—¿Has visto a Héctor recientemente? —dijo Horacio sonriendo.

—No, el güey se mudó a Denver, ¿verdad?

Tenían muchas cosas que decir y no se percataron de la invasión a Elena para nada. Ella, molesta por su presencia ruidosa flotando arriba de ella, se preguntó si los dos hombres podían decir más veces la palabra güey, y concluyó que hubiera sido difícil.

Para Elena, lo que estaba pasando era insufrible. Era adulta y realmente había creído que nunca iba a tener que aguantar tal trato otra vez, pero aparentemente nada había cambiado. Entonces, tenía una decisión que tomar. Podría decir algo, como pedir que Horacio y Urvano se corrieran a otro lugar o podría hacer lo que siempre hacía cuando era más joven: no decir nada, simplemente tragarse su orgullo y aguantar la humillación. Luego, los dos hombres estallaron riéndose muy fuerte. Elena casi no podía aguantar más, pero iba a padecerlo.

Pero en ese momento sintió algo sobre su mano; miró, y vio que una gota de café de la taza de Urvano la había salpicado. En un acto de desafío silencioso, no movió la mano. Luego, otra gota de café aterrizó en el mismo lugar y, en otro segundo, una tercera. Urvano y Horacio, perdidos en su conversación, no notaron nada, pero eso fue todo lo que Elena podía sufrir. Años de maltrato brotaron desde dentro y ya no lo aguantaría más. Primero, siempre bajo control, Elena inhaló y exhaló para asegurarse de que podía controlarse.

—Perdón, ¿me podrían dar un poco de espacio, por favor? —les dijo con una voz baja pero clara y firme mientras limpiaba su mano con una servilleta.

Los dos hombres seguían hablando sin escucharla. El hecho de que la habían ignorado, algo que habían hecho miles de veces en el pasado, la hizo sentir despreciada otra vez, reviviendo el trato cruel de su adolescencia. Esto le dio coraje para decir, en un tono más fuerte:

—Perdón. Perdón —e iba a seguir interrumpiéndolos hasta que la escucharan. Finalmente, Horacio se percató de que alguien les estaba hablando, y miró directamente a Elena.

—Perdón, señora, perdón.

Horacio supo lo que ella quería inmediatamente, Urvano no entendía lo que estaba pasando y se preguntó por qué su compañero le decía "perdón" a esta chica que no tenía nada que ver con ellos. De hecho, estaba enfocado en cómo podía escaparse de la conversación.

A Elena la palabra "señora" le picó; después de todo, tenía la misma edad que ellos y, ciertamente, no estaba casada. Pero Elena mantuvo su compostura como siempre y les dijo otra vez:

—Pueden darme un poco de espacio por favor.

A Urvano le sorprendió ver que la estaban molestando y empezó a pensar cómo podía usar esta injerencia como una excusa para terminar la conversación, pero Horacio reconoció y aceptó el problema inmediatamente. Miró directamente a Elena y le dijo:

—Mil disculpas, señora, sí, sí, sí, nos movemos.

Puaj, otra vez esa palabra, pero iba a disculparlo porque evidentemente entendía que la estaban molestando, aunque Horacio seguía mirándola con curiosidad.

—Me pareces familiar, ¿te conozco? —dijo a Elena.

Inmediatamente Elena se arrepintió de haber dicho algo. Su último pensamiento era que la iban a reconocer. Realmente no quería hablar con estos hombres a quienes había pasado los últimos 14 años tratando de olvidar. Parecía que Horacio verdaderamente no se daba cuenta de que conocía a Elena desde la prepa, que habían asistido a las mismas escuelas por, más o menos, 12 años. Entonces, Elena respondió:

—Creo que no, señor, no lo reconozco.

Pero Horacio la interrumpió antes de que ella pudiera terminar:

—¡Eres Elena! Te conozco, fuimos al Colegio de Bachilleres juntos.

Bueno. Elena, completamente atrapada, se dio cuenta de que hubiera sido una mentira obvia negar que no reconocía a Horacio, entonces tenía que ceder:

—Oh, sí, eres Horacio —dijo y, señalando a Urvano, agregó—. Y te reconozco también, eres Urvano, sí, fuimos a la misma preparatoria.

—¡Es una reunión de nuestra clase aquí! —exclamó Horacio, demasiado fuerte y eufóricamente para Urvano y Elena.

A pesar de que no quería hablar con sus ex compañeros de clase, Elena tuvo que sonreír, el deleite de Horacio fue tan inocente y contagioso que la superó. Mientras Horacio y Elena trataban de recordar a cuáles clases asistieron juntos, Urvano finalmente se dio cuenta de quién era esta chica. Se veía normal en el café, pero durante los años en el colegio no era la más guapa de la clase y muchos amigos se burlaban de ella a sus espaldas, hasta tenían un apodo para ella. Urvano recordó que un día la mamá de Elena visitó a su mamá, tenía que ver con el grupo de padres de su escuela. Después de la visita, su mamá quería saber si Urvano había conocido a Elena y, durante la conversación, Urvano le mencionó el apodo. Su mamá se horrorizó cuando lo escuchó y lo regañó severamente por eso. Urvano se arrepintió inmediatamente y se dio cuenta de qué tan terribles eran sus amigos. Se comprometió a nunca decir esa palabra de nuevo, hasta tenía la idea de que iba a decir algo la próxima vez que uno de sus amigos la usara, pero nunca pasó y a Urvano, eventualmente se le olvidó que iba a ser su héroe.

Elena y Horacio tuvieron una buena plática mientras Urvano los miraba callado. Al final, Horacio les dijo que tenía que irse y se fue después de un abrazo demasiado entusiasta para los dos. Sus últimas palabras fueron que Urvano y Elena debían tener muchas cosas de qué hablar y casi los forzó a sentarse juntos en la mesa de Elena. Después de que su compañero, quien había estado dominando la conversación, se fuera, se sentía como si hubiera un vacío en el café. Solo quedaron Elena y Urvano, mirándose silenciosamente sin nada que decir.

Finalmente, Elena interrumpió el silencio.

—Entonces, ¿cómo estás, Urvano?.

Urvano, quien estaba en el último lugar donde desearía estar, pero también consciente del compromiso que había hecho consigo mismo hacía mucho tiempo, decidió hablar con Elena, creía que 5 minutos serían suficientes para aliviar su conciencia. Primero, se disculpó otra vez por derramar el café sobre ella y luego agregó que estaba bien, que era abogado y que, de hecho, vivía solo, a unas pocas millas de donde crecieron. Los sorprendió a los dos que no se hubieran encontrado antes. Elena le confesó que no le había gustado mucho la prepa, que era artista gráfica y que estaba mucho más contenta actualmente. Viendo que Urvano no iba a decir mucho, ella siguió explicando cómo era su vida en detalle, pero entre más hablaba, poco a poco se dio cuenta de que quizás había construido una vida detrás de muros y que fueron esos muros los que la protegían. Pero, al mismo tiempo, la limitaban. Aunque pensaba que había superado los malos sentimientos de la prepa, quizás había creado una vida limitada y cerrada solo para evitar el rechazo que había experimentado. Si no hay nadie en tu vida, nadie puede rechazarte.

Urvano no sabía por qué los dos estaban hablando tan casualmente, quizá hasta cómodamente, con esta chica que nunca conoció bien.

—Lamento que la hayas pasado mal en el colegio —dijo a Elena abruptamente en medio de la conversación. A Elena le sonó sincero y, en realidad, fue sincero. Esto la conmovió y sus ojos casi se llenaron de lágrimas, pero lo disimuló.

—Seguramente no fue todo color de rosas para ti tampoco —respondió Elena, quien claramente apreció el comentario de Urvano.

—Yo estuve en piloto automático esos años —comentó Urvano—. No estaba ni feliz ni deprimido, no sabía lo que pasaba, nunca sentí que pertenecía a ese lugar ni a mi grupo de compañeros, pero no era lo suficientemente maduro para entenderlo —confesó, sorprendiéndose de su propia honestidad y autopercepción. Honestamente, no sabía de dónde había venido ese comentario, nunca había pensado así, explícitamente. Nunca reparó en el hecho de que no había sido feliz en su vida y se lo confesó a Elena, una persona de quien todo el mundo se había burlado y que, quizá, habría vivido momentos más infelices que él. Pero, en vez de ponerse nervioso, sin advertirlo se relajó. Elena era una persona con quien podía hablar. Se sentía bien ser honesto finalmente. Se dio cuenta de que jamás había hablado con alguien que hubiera querido saber con sinceridad cómo estaba.

Siguieron hablando por un rato hasta que Urvano se dejó llevar completamente. Respiró profundamente y le dijo a Elena:

—Tengo una confesión, Elena. Te reconozco. No sé por qué no lo mencioné, quizá porque no nos conocemos o quizá fue por la vergüenza.

—Está bien Urvano, pero ¿por qué dices "la vergüenza"? —preguntó Elena.

Urbano le explicó que él se sentía decepcionado de sí mismo porque sabía, de verdad, lo difícil que fue para ella el colegio, que había notado su soledad constante, cómo los demás compañeros se burlaban de ella, que él mismo la ignoraba y que, aunque podía hacerlo, nunca hizo ni dijo nada para que los demás pararan. Por eso estaba avergonzado. Y siguió, le contó acerca de sus propios retos y que, aunque tenía amigos, siempre se sentía solo y, de hecho, los otros estudiantes también se habían burlado de él. Le dijo a Elena, que nunca se había sentido como una parte aceptada del grupo. Finalmente, concluyó su confesión con:

—Elena, no sé por qué te estoy diciendo todo esto, pero estoy feliz de que nos hayamos encontrado hoy y de haber tenido esta oportunidad de hablar contigo.

A Elena, esto la sorprendió mucho, nunca hubiera esperado una confesión tan personal. Al principio, no podía decir mucho, no sabía que Urvano podía hablar ni tanto ni tan elocuentemente. Su percepción de él empezó a cambiar. Quizá había un poco de profundidad debajo de la superficialidad que emitía. Dijo a Urvano que no tenía que disculparse, que no tenía la culpa de lo que le había pasado durante la prepa y que realmente nunca le había hecho nada directamente a ella. Le dijo también que el colegio es difícil para todo el mundo y que ella ya había superado esa época de su vida, y que ahora todo estaba bien para ella. Incluso mintió un poco cuando le dijo —para hacer que se sintiera mejor—, que nunca pensaba sobre esos días. Urvano, aunque no creyó completamente que Elena nunca pensó en la crueldad que había experimentado, se sintió aliviado y también impresionado por la confianza de Elena y su éxito profesional. Casi sentía envidia por su estable, segura y pacífica vida. Los dos se miraron silenciosamente, percatándose de lo absurdo que era que Elena estuviera haciendo que Urvano se sintiera mejor.

Los dos siguieron hablando sobre sus vidas y sus retos, aliviados por finalmente tener alguien en quien confiar. La plática se estaba reduciendo cuando Urvano, sin previo aviso, declaró:

—Perdí mi trabajo hoy.

—¡No manches! —respondió Elena sin saber qué decir.

—Sí, me despidieron después de 11 años en el mismo despacho. Tenía ganas de llegar a ser socio, pero me dijeron que no iban a promoverme y que me quedaban sólo 3 semanas más con ellos. Empaqué las cosas de mi oficina inmediatamente y me fui. Y no voy a volver.

Elena atónita, finalmente entendió cómo debió haberse sentido él todos esos años y no podía encontrar palabras para aplacar la desgraciada situación de su nuevo amigo. A esta altura, ella podía ver que de los ojos de Urvano empezaban a brotar lágrimas. Él todavía mantenía su compostura, pero Elena sabía bien que podía estallar en lágrimas en cualquier momento. Entonces le dijo:

—Debió haber sido duro, Urvano.

Urvano forzó una sonrisa y agregó que siempre había querido ser abogado y que ese trabajo era el que deseaba desde que era estudiante. Elena se compadeció de Urvano y por eso entendió que sería mejor dejar que hablara, y le hizo muchas preguntas. Eventualmente Urvano se calmó. Comprendió que hablar con Elena era la mejor medicina que podía tomar en ese momento. Elena lo convenció de que, a partir de ahora, podría hacer cualquier cosa con su vida y que no necesitaba seguir siendo abogado. Hizo que Urvano pensara, que considerara hacer cosas alternativas con su vida. Casi se emocionó. Quizá lo que le pasó fue una oportunidad. No sabía si quería llorar o reír.

Cuando finalmente terminaron la conversación, tan profunda e íntima, se levantaron y se abrazaron. Los dos sintieron que tenían muchas cosas de qué hablar, así que accedieron a verse de nuevo. Se rieron por la ironía de su amistad. Aunque, pensándolo bien, no fue tan irónica, después de todo, no eran muy diferentes.

Intercambiaron sus datos, los dos dijeron al mismo tiempo "Estamos en contacto"; sonrieron y se despidieron. Elena, solo esperando pasar otro día en su café favorito y creyendo que tenía todo resuelto, empezó a pensar en arriesgarse; quizá tener un nuevo amigo sería el primer paso. Urvano, quien había entrado en ese lugar de su adolescencia enojado y frustrado, salía ahora en un estado contemplativo y casi optimista. Sentía que tenía una vida por delante, muchas opciones y cosas para hacer. La primera, vender un Alfa Romeo.

Roy Phelan

De dónde vino el nombre de Escocia

Preámbulo

Cuando nuestros hijos eran pequeños, la hora de acostarse significaba un gran desafío. Acostar a tres niños, que tenían entre dos y siete años, a la misma hora, siempre era un reto. Mi esposa y yo teníamos maneras diferentes. A ella le gustaba este momento: les podía leer un libro a cada uno y hablar por separado con ellos. A veces, la cosa duraba hasta una hora y media. Pero no le molestaba, lo veía como una oportunidad de ayudarlos con sus miedos y relajarlos para que se durmieran fácilmente. Mi perspectiva era diferente: aunque los amaba mucho, se convertía en un trabajo y, como cualquier trabajo, iba a ejecutarlo rápidamente. Leía los libros muy rápido y generalmente solo había una plática corta. Claro, como de costumbre, la manera de mi esposa resultaba más entrañable.

Pero cuando mi estado de ánimo era el correcto, me sentaba y hablaba con ellos. Una noche estaba de humor para compartir mi tiempo; quizá no tenía que despertarme temprano al día siguiente. Mientras conversaba con Scott, mi hijo mayor, me pidió que le contara una historia. En aquellos días, me gustaba inventar cuentos en el momento. Normalmente eran cortos, pero esa noche las cosas fueron diferentes. Sin planearlo, le pregunté si quería saber de dónde vino el nombre de Escocia. Y él por supuesto que quería.

Vas a ver que cuando inventaba un cuento a mis hijos, casi siempre había tres personajes semejantes a ellos, a veces también tenían sus nombres: Scott, Jessie y Miguel. Y a quien le dirigía el cuento era el héroe. También había una versión para cada hijo, y esta no es una excepción.

En esta historia tenemos un pequeño problema de traducción. Por favor, mientras lees el cuento, ten en cuenta que, en inglés, el nombre de mi hijo es Scott y el nombre de Escocia es Scotland. Tendrá más sentido así.

Ahora, sin más preámbulos, te relataré la historia que una vez inventé para Scott.

Roy Phelan

El Cuento

Érase una vez, hace mucho, mucho tiempo, existía una tierra que tenía muchos reyes, pero que nunca había sido bautizada con ningún nombre. Simplemente era conocida como la tierra del viento frío del norte. Pero esto no era un nombre, solo una descripción, y había personas que creían que no lo merecía, el terreno era sumamente sombrío. Era salvaje en todos los lugares, la vida era dura y los reyes siempre estaban en guerra. Los que tenían la espada más fuerte, reinaban.

En esta tierra de muchos reyes, había uno muy famoso conocido como el Rey Blanco. Era fuerte, pero, a diferencia de los demás, era justo y se preocupaba mucho por su tierra y su gente. Nunca comenzó una guerra, aunque había terminado muchas. Con el tiempo, la mayoría de los otros reyes aprendieron que debían dejar a este rey en paz si querían vivir y pelear otro día.

El Rey Blanco y su reina tenían dos hijos: Scott y Jessie. Ellos estaban contentos y vivían protegidos y amados por sus padres. Aprendieron a trabajar duro, a jugar con entusiasmo y a preocuparse por la tierra y su gente. Desde muy pequeños comprendieron las diferencias entre las virtudes y los vicios. En aquellos días, según la costumbre, los niños y las niñas jugaban por separado. La vida funcionaba así, pero Scott y Jessie eran diferentes. Scott practicaba mucho sus habilidades de guerra con otros niños; Jessie, las costumbres de la corte con otras niñas, pero eran realmente felices cuando jugaban juntos. Su juego favorito: príncipe y princesa. Casi siempre la princesa era retenida por un rey malo y Scott tenía que pelear por su libertad. Por supuesto, ellos eran los vencedores.

Durante la mayor parte de su juventud, todo fue luminoso y tranquilo. Había paz en la tierra, hasta que un día el Rey Blanco oyó que en otras partes había un rey, no muy bondadoso, que se había vuelto fuerte y había conquistado otros reinos; se llamaba Rey Negro. Esto preocupó al Rey Blanco, porque para mantener la paz era importante que ningún rey tuviera más poder que otros. Entonces, puso a sus guardias personales y a su ejército en alerta.

Pero, había algo que el Rey Negro deseaba más que el poder, y eran un niño y una niña. Todos los reyes necesitaban un heredero, sin embargo, el Rey Negro no podía tener hijos propios. Nadie sabía la razón, pero él estaba obsesionado con tener una descendencia. La buena reputación de Scott y Jessie había viajado lejos; sus habilidades para la batalla, su buena conducta y su gran inteligencia eran admirados por todos. Cuando el Rey Negro se enteró de ellos, decidió capturarlos para tenerlos para sí mismo.

Un día, dirigió un grupo de soldados a la tierra del Rey Blanco. Se escondieron en los bosques hasta el anochecer. Mientras Scott y Jessie jugaban solos, el Rey Negro y sus soldados los sorprendieron y los capturaron. Después del ataque, se fueron tan rápida y sigilosamente que, al principio, nadie se dio cuenta de lo sucedido. En la mañana, supieron que el príncipe y la princesa habían desaparecido. Buscaron en toda la tierra, pero ya era demasiado tarde y nunca los encontraron. El Rey Blanco y su reina estaban devastados, porque habían perdido lo más valioso que tenían: sus hijos. Todo cambiaría, nada seguiría igual en este pequeño, antiguo y aislado santuario de paz.

El Rey Negro se llevó a los dos niños a su castillo y los arrojó a la mazmorra. Allí se quedaron lo que a ellos les parecieron semanas. Luego, el Rey Negro fue a verlos y les dijo:

—Ustedes son mis niños ahora. Si no hacen lo que les digo, van a quedarse aquí en esta mazmorra.

Como Jessie y Scott amaban mucho a sus padres, le respondieron:

—Nunca vamos a ser sus niños, somos los niños del Rey Blanco, el más fuerte en toda la tierra del viento frío del norte. El vendrá a salvarnos.

Nunca iban a perder la fe en su padre. Entonces esperaron y esperaron, soportando frío y hambre en la mazmorra durante meses. Creían con todo su corazón que su padre los rescataría y esta esperanza es lo que les permitió aguantar el sufrimiento.

Pero nunca pasó, su rey nunca vino. Entonces, decidieron tomar la iniciativa e idearon un plan para recuperar su libertad. Estaban seguros de que su papá estaría orgulloso de ellos. Iban a decirle al Rey Negro que estaban de acuerdo con él, que serían sus niños y cuando el momento fuera correcto, escaparían. Entonces, el Rey Negro, emocionado, pero todavía precavido, los liberó de la mazmorra y comenzaron sus vidas en su castillo. Scott trabajaba duro con sus habilidades de guerra; poco a poco se hizo experto en la esgrima y todas las tácticas de combate. Al Rey Negro le gustaba esto. Jessie practicaba sus habilidades de equitación y en la etiqueta de la corte.

Pero nunca estaban más contentos como cuando estaban juntos. En cada oportunidad, Scott le decía a Jessie que iba a escapar y que regresaría enseguida para salvarla.

Después de años de vivir así, Scott se había convertido en un muchacho alto y fuerte. Había trabajado duro todo este tiempo en su destreza para ser uno de los más fuertes soldados en el ejército del Rey Negro. Un día, el momento que tanto deseaba, fue propicio. Habiéndose ganado la confianza del Rey Negro, Scott sabía que él y sus guardias habían bajado su nivel de alerta. Entonces, una noche tomó su espada, saltó sobre su caballo y salió hacia el bosque a toda velocidad. Nadie supo de su huida hasta la mañana siguiente. Para ese entonces, estaba muy lejos y los soldados no pudieron capturarlo. Su fuga fue un éxito completo.

Scott montó su caballo muchos días antes de llegar a la tierra del Rey Blanco. Mientras entraba al reino, un grupo de soldados se acercó a él; lo detuvieron y exigieron saber quién era y adónde iba. Scott solo dijo que él estaba allí para reunirse con el Rey Blanco. En este momento, uno de los soldados se puso al frente; era muy joven, pero claramente era el líder, y le dijo:

—Nadie puede ver al Rey Blanco. Soy el príncipe Miguel, su segundo hijo, estoy a cargo. Si quiero, puedo ponerte en la mazmorra el resto de tu vida. Debes decir la verdad, de eso depende tu vida.

Enseguida Scott se dio cuenta de que tenía un hermano y podía ver que, de hecho, era un miembro digno de su familia real. Scott respondió en voz baja pero firme:

—Soy el príncipe Scott, el primer hijo del Rey Blanco. Estoy aquí para ver a mi padre.

En aquel instante cualquier cosa podría haber pasado. Miguel era un soldado fuerte pero imprevisible. En los años después de la desaparición de Jessie y Scott, la tierra blanca fue atacada por muchos otros reinos. Miguel solo conocía los tiempos de guerra y había aprendido que era mejor atacar primero y hacer preguntas después. Los soldados de Miguel pensaron que iba a matar a este impostor con un golpe de su espada, era conocido por su cabeza caliente. Pero esta vez Miguel conocía muy bien la historia de su hermano y hermana perdidos. También pudo ver algo en los ojos de este extranjero, algo extrañamente familiar. Entonces, ante el asombro de sus soldados, Miguel se arrodilló, ofreció su espada y dijo a su hermano:

—Bienvenido a casa, hermano mío. Todo el mundo ha estado esperando tu regreso. Estoy a tu servicio.

Los soldados estaban sorprendidos, nunca habían visto a Miguel inclinarse ante otra persona. Especialmente, ante un soldado que llevara el uniforme de otro ejército. Inesperadamente, Miguel ordenó a los soldados que se arrodillaran también. Después de un rato de silencio en honor a su hermano, Miguel se levantó, se acercó a él y los dos se fundieron en un profundo y sentido abrazo, como los verdaderos hermanos que eran. Sabían que estarían vinculados para siempre.

Se contaron todo lo que pasó en los años perdidos. Miguel dijo a Scott que su padre nunca dejó de buscarlo. Recientemente había muerto a causa de la fatiga de las muchas batallas y del dolor de haber perdido un hijo y una hija. La tierra blanca sufrió múltiples ataques. No había paz desde hacía mucho tiempo. La gente tenía hambre y miedo. Había muchos problemas. Scott dijo a Miguel que estas cuestiones, aunque importantes, debían esperar. La primera tarea era conseguir la libertad de Jessie, su preciosa hermana. Miguel entendió y aceptó.

Scott y Miguel prepararon el ejército para la batalla contra el Rey Negro. Scott conocía todas sus tácticas. Bajo su dirección, el ejército nunca estuvo más listo. Partieron con determinación hacia la tierra negra. Cuando llegaron, Scott anunció al Rey Negro:

—Estoy aquí para liberar a mi hermana, la princesa de la tierra blanca. Si no la liberas, esto será el fin de tu ejército, tu reino y tú.

Claro que el Rey Negro respondió que no iba a liberar a nadie, y que Scott tenía que entrar e intentarlo. Scott pensó, "Bueno, este es el momento que he estado esperando todo este tiempo". Su venganza estaba a mano.

Scott ordenó la carga y sus soldados obedecieron, ansiosos ante la posibilidad de vencer al imperio más malvado de la tierra del viento frío del norte. Los dos ejércitos se enfrentaron, ansiosos por eliminar a su enemigo mortal. La batalla fue feroz: los soldados lucharon con valentía, y muchos murieron. Miguel se encontraba en el centro de la acción, matando a docenas de soldados del ejército negro e inspirando a sus soldados.

A pesar de su valor, al principio las cosas no salieron bien para nuestros jóvenes héroes y, por un momento, parecía que el ejército negro iba a vencer al blanco. El ejército negro era muy experimentado, no iban a rendirse sin dar una buena pelea. Pero, en el momento más desesperado, Scott tomó el mando y Miguel luchó aún más intensamente, logrando cambiar el curso de la batalla.

En los momentos finales de la lucha, Scott encontró al Rey Negro en los aposentos de las doncellas, escondiéndose detrás de su ropa sucia. Scott tenía muchas cosas que decirle al terrible rey, pero dejó que su espada hablara por él. Sin piedad ni emoción, como si fuera cualquier otra tarea, lo apuñaló en el corazón. El Rey Negro había revelado su verdadera naturaleza cobarde y, sin oponer resistencia, murió al instante.

Cuando se dieron cuenta de que su rey había muerto, los soldados negros depusieron sus armas y juraron lealtad a Scott. Lo habían conocido desde que era joven y siempre desearon que él fuera su líder y su rey. Encontraron a Jessie en la mazmorra, estaba débil por el hambre, pero todavía fuerte de corazón. Los tres hermanos estaban juntos por primera vez, exhaustos y frágiles por las heridas, pero la calma interior de que seguirían juntos, los mantenía en pie. Todo el mundo estaba listo para regresar a su hogar.

Pero, en ese momento, los soldados negros se acercaron a Scott y le dijeron que los otros reyes iban a atacarlo porque ahora tenían la oportunidad a causa del vacío de poder. Le dijeron también que, debido a eso, iba a haber una gran guerra. Miguel confirmó este miedo. Entonces, Scott dijo:

—Ingresen a mi ejército, juntos podemos derrotar a todos nuestros enemigos, somos fuertes juntos, y débiles separados.

Pero Jessie, que estaba allí escuchando todo, dijo a Scott:

—No puedes derrotar a todos los ejércitos solo, tienes que acudir a tus amigos para obtener su ayuda.

Scott sabía, como de costumbre, que Jessie tenía razón.

Por lo tanto, Scott y Miguel fueron por sus aliados y reunieron un gran ejército. Los otros reyes sabían que el único camino a la paz era con el príncipe Scott. Con su ejército más fuerte, Scott y Miguel fueron de tierra en tierra. Cada vez tenían el mismo resultado, victoria. El ejército blanco crecía y todos los soldados querían pelear junto a Scott y Miguel, porque eran los más fuertes y justos líderes que habían conocido. Por esto, más y más soldados se sumaron inevitablemente, hasta que hubo un sólo ejército en toda la tierra del viento frío del norte: El ejército blanco.

Cuando llegaron al castillo blanco en total triunfo, encontraron que Jessie había mejorado las condiciones de vida de la gente. Las granjas estaban trabajando, el agua fluía y había un aroma de optimismo en el aire. Las fiestas comenzaron y siguieron por días.

Un día, todos los otros reyes llegaron. Dijeron a Scott:

—Sé nuestro rey, te ofrecemos nuestra lealtad. Sabemos que la paz es la cosa más importante para nuestra tierra y eres el único que puede lograrla.

Scott aceptó su oferta y fue coronado el rey de todas las tierras.

Desde aquel día en adelante, la tierra del viento frío del norte fue nombrada Scotland ("la tierra de Scott"), en honor al primer rey de Escocia, ahora un país oficial con un rey reconocido por todos. En los años siguientes, Scott, Miguel y Jessie trabajaron duro para su nuevo país. En sus mentes y sus corazones, la gente de su tierra era lo más importante. Los tres se dedicaron al objetivo de que prevaleciera la justicia por sobre todo.

Años más tarde, Miguel y Scott oyeron de un ejército lejos en el sur; se llamaban "Los romanos". Se enteraron de que su ejército era grande y fuerte, que había conquistado casi todo el continente europeo.

—Bueno —dijo Miguel—, no les tenemos miedo, somos el reino más justo y firme de todos. Déjenlos venir al norte para sentir el acero frío de las espadas de Escocia.

Y, por supuesto, ya sabes el resto de la historia. Los romanos nunca derrotaron al ejército de Escocia. Este sería un país de paz e independencia por siglos. Además, nadie va a olvidar el nombre de su primer rey, está grabado para siempre con letras de oro en el nombre de su país.

¿Qué te distingue?

Pedro se despertó temprano esa mañana. Era su primer día de secundaria y estaba nervioso. Se vistió, encontró una tortilla en la cocina y se fue hasta el autobús. Ni bien llegó a la escuela ya consiguió su horario y asistió a su primera clase. Aunque había estado emocionado por ese día, ya se sentía un poco decepcionado. Sabía que algunos de sus compañeros no iban a asistir a la secundaria ese año y que ya habían encontrado trabajo. Habían empezado su vida. No es que los extrañara, sino que Pedro sentía la responsabilidad de ganar dinero para su familia también. Sólo eran su mamá y él, y sabía que su mamá prefería que trabajara. Sentía esta presión, y siempre había admirado a aquellos que trabajaban, pero algo en su interior le dijo que debería quedarse fuera de las tenerías. En ese entonces, no podía explicar por qué, no sabía todavía que esos trabajadores morían jóvenes, pero presentía que sería el fin de su vida como la conocía y que terminaría como muchos de los adultos que trabajan con la piel: pobres, cansados y curtidos.

Pero eran asuntos para otro momento, la responsabilidad de Pedro ese día era asistir a sus clases, así que se fue a la siguiente. Parecían un poco más interesantes que las de los años pasados. Casi nunca tomaba sus estudios en serio, ninguno de los temas le interesaba mucho, pero hacía lo que necesitaba hacer para avanzar. Aunque entendía todo de lo que le enseñaban, era un estudiante apenas mejor que el promedio, nunca sobresalió realmente. Decidió que iba a estudiar más duro, una decisión que tomaba cada año.

Era costumbre que los chicos merodearan en la esquina de la plaza después de las clases y este día no era la excepción. Entonces, después de sus clases, Pedro decidió unirse a ellos, tal vez iba a ser más sociable este año también. ¡Oh, las elecciones que tomamos y que pueden cambiarlo todo! Él y sus amigos estaban en el período incómodo entre la niñez y la edad adulta, todavía no tenían que preocuparse por el futuro, pero ya transitaban la última etapa de la secundaria y estaban conscientes de que iba a llegar eventualmente. Entre muchos otros comentarios del día, un muchacho anunció que su hermano mayor había recibido una beca y se fue a estudiar a la UNAM. No era un evento raro en León, pero entre los hijos de los curtidores no era común. A Pedro le llamó la atención lo que dijo otro de los chicos sobre la noticia:

—Oh, ahora puede vivir en una ciudad que no le gusta, estudiar un tema que no le gusta para obtener un trabajo que no le gusta y trabajar para un cabrón por el resto de su vida.

Claro, los chicos rieron. Pero Pedro no se rio, ese comentario lo hizo sentir incómodo. A lo mejor, Pedro se abstendría del grupo ese año.

De camino a su casa, Pedro vio una botella de champú en el piso cerca de la banqueta enfrente de la farmacia local, la recogió y se la devolvió a su dueño. El farmacéutico, Don Rodrigo, le aventó una chocolatina a cambio, una recompensa grande para un acto tan inconsecuente. Pedro había comprado cosas en su farmacia muchas veces, pero nunca se habían hablado, ese día fue distinto:

—¿Qué haces chico? —preguntó el hombre, y sin esperar la respuesta dijo—. Tengo un proyecto, ¿quieres ganar un poco de lana?

—Claro que sí —contestó Pedro, emocionado con la idea de ganar dinero, pero preguntándose por qué lo había elegido a él, un chico que no tenía nada especial.

Así comenzó su acuerdo. A lo largo de los siguientes años, cuando Don Rodrigo tenía una tarea, reclutaba a Pedro. Le pagaba informalmente, en efectivo y no mucho; aun así, Pedro tomaba su trabajo en serio y se mantenía a la vista en caso de que surgiera una tarea. Valoraba su relación, aunque no hablaban mucho. Trabajaba tan duro como podía y, como resultado, la cantidad de tareas aumentó. Pedro estaba orgulloso de su trabajo, a pesar de su informalidad. Habría quedado devastado si viera alguna vez a otro chico trabajando en su farmacia. Afortunadamente, nunca pasó. Pedro más tarde diría que no tuvo influencias durante su juventud. Pero, aunque no lo admitiera, de vez en cuando pensaba en Don Rodrigo, tal vez el único adulto que lo reconoció en León.

De camino a su barrio, Pedro vio a un grupo de compañeros jugando fútbol en la distancia. A Pedro le gustaban los deportes, jugaba fútbol con sus amigos de vez en cuando, pero sabía que ser futbolista no era su destino. Pensó en unirse a ellos, pero en cambio lo invadió una reflexión que lo detuvo: ¿eran sus amigos realmente? Tal vez no era apropiado llamarlos amigos. Uno habla, ríe, confía en los amigos. No, Pedro se guardaba para sí mismo. Nadie lo conocía bien, ni siquiera su mamá.

Llegó al fin, completamente rendido, del primer día de escuela del año. Nadie estaba en casa y, aunque debería estar acostumbrado, el departamento se sentía vacío y quedaría así hasta que su mamá llegara, si es que lo hacía. Nunca conoció a su padre, quien lo abandonó cuando era bebé, antes de que pudiera caminar. Pero esa noche, aunque no tuviera con quien celebrarlo, estaba orgulloso de tener un poco de dinero y haber terminado su primer día de secundaria. Comió un poco e hizo su tarea disfrutando la soledad que, a veces, le pesaba.

Recostado en su cama, escuchando la radio, volvió a pensar en las palabras del chico que se burló de la beca. ¿Por qué lo veía de esa forma? Nunca lo tomó en serio, pero su comentario lo impactó. Se enfrentaba a una sentencia de muerte trabajando en las talabarterías toda su vida y ahora no estaba seguro de que hubiera otro camino. Se preguntó si era el único chico que temía por su futuro. El muchacho que fue a la ciudad de México no era excepcional, Pedro lo conocía: sus padres eran curtidores también y sabía que era, al menos, tan capaz como él. Fue la primera vez que pensó en ir a la UNAM. Si ese chico, ni mejor ni peor, pudo salir de León, quizás él también podría. Decidió que un día iba a buscar los requisitos para obtener una beca.

Escuchó a su mamá llegar a casa después de un día de trabajo y, después de eso, quién sabe. Podía oírla calentar su quesadilla, tomar la botella del gabinete e irse directamente a su habitación. Pedro no la vería esa noche. Aunque quería ir y contarle cómo le fue en la secundaria y con su primer trabajo, sabía que la imagen lo decepcionaría. El alcohol era el único alivio para ella. Amaba a su único hijo, pero ya no tenía la energía para él. Era un buen chico, no necesitaba mucha atención.

No, Pedro estaba solo.

Como muchos chicos, Pedro tenía la fantasía de ir a los Estados Unidos. Conocía a hombres, aún jóvenes, que habían ido. Algunos decían que ganaron mucho dinero, otros decían que no valía la pena, que no era el paraíso que se creía que era. Nunca sonaba como algo permanente; una aventura sí, pero no un cambio de vida. Pedro no estaba buscando una fantasía, las realidades eran suficientes. América se quedaría en una fantasía.

Una vida en la ciudad de México, estudiando y trabajando allí, tenía que ser mejor. Sólo la había visitado dos veces en su vida en excursiones de la escuela. Vieron el Zócalo, el castillo Chapultepec y las pirámides de Teotihuacan. No podía explicar su emoción por esa ciudad, solo sabía que era donde quería estar.

***

Pedro nunca perdió su camino. Estudió suficientemente bien en la secundaria y la prepa, y nunca le causó problemas a su mamá. De hecho, trabajaba bien en la farmacia, tanto que podía comprar su propia comida. Poco a poco se fue enorgulleciendo de su independencia. No era el mejor estudiante, pero siempre estaba listo con su tarea y para sus exámenes. Cuando recibió su beca, no sabía cómo sentirse, se puso más nervioso que feliz por la nueva vida que le esperaba. Realmente le costaba creer que había logrado una beca, por lo que no dijo nada a nadie. Primero quería asegurarse de que no fuera otra fantasía.

El día que se fue, su mamá no podía despertarse y sus "amigos" no estaban allí. Pero eso no le importó, sólo lamentó no haberse despedido de Don Rodrigo, la fuente del único apoyo que había recibido.

Los días en la secundaria y la prepa ya parecían distantes. Pedro casi no podía recordar los pasos que había tomado para llegar aquí a la ciudad de México y ser un estudiante en la UNAM. Simplemente había continuado dando el siguiente paso cada vez y, lo que había parecido imposible, ahora parecía fácil, demasiado fácil. Nunca comprendió por qué, si él pudo lograrlo, ninguno de sus compañeros ni siquiera lo había intentado. Aun así, todos fueron sentimientos fugaces, ahora sólo veía hacia delante.

Andando en el autobús hacia la universidad, pensaba en que necesitaba conseguirse un trabajo pronto. Después de un año de estudios, sus ahorros se habían acabado y, aunque tenía su beca, si quería comer, tendría que trabajar. Ese mismo día, luego de sus clases, tenía una entrevista para ser mensajero en un despacho de abogados. La semana anterior había hablado con un consejero de la UNAM, quien le sugirió que llamara a aquella oficina. Había ido a otras entrevistas ese año y todas habían resultado en nada, así que no esperaba mucho.

Ya estaba sudando cuando llegó a la oficina de Suarez y Cabaleiro. No se sentía cómodo en este ambiente profesional y perfectamente limpio. Mientras esperaba en la entrada, observaba a la gente que iba y venía y se dio cuenta de que su pelo y su ropa eran diferentes a la de los demás. Vio su traje, que justo había comprado de segunda mano, y temía mucho hablar con la recepcionista, pero lo hizo.

Frente al escritorio de la directora de recursos humanos, Natalia Sariñana, nada le parecía real. Era como si estuviera en un sueño del que pronto se despertaría. Responder a las preguntas fue fácil, sabía cómo sonar bien, pero no podía dejar de sentirse poco natural. Natalia era amable, pero mucho más formal que a lo que Pedro estaba acostumbrado. Podía oler su perfume, notó que tenía una pluma con joyas y que sus uñas estaban perfectamente cuidadas. Nunca había conocido a una mujer así, segura de sí misma, vestida profesionalmente, labios perfectamente pintados en rojo intenso. Lucía como una modelo de una revista de glamour. Aunque Pedro era físicamente más grande que ella, se sentía pequeño en su silla delante de ella.

Aunque la escena era surreal: sentía que flotaba, le costaba mantener los ojos abiertos y luchaba por mantenerse en el presente, todavía la entrevista estaba yendo bien. Pedro dejó en claro que era fiable, serio y que trabajaría duro. Fue fácil decirlo, simplemente porque era la verdad, nunca había tenido problemas para decir la verdad. Era obvio que sería servil, algo de lo que no estaba orgulloso. De repente, un hombre apareció en la oficina después de un toque rápido de la puerta. En sólo dos zancadas estuvo enfrente del escritorio y dio a Natalia algunos papeles con instrucciones verbales en lo que pareció un instante. Instintivamente, Pedro se levantó, sin poder evitar mirar al hombre que llenó la oficina con su personalidad. Después de dar sus órdenes a Natalia, el hombre se volteó hacia Pedro y, con toda la confianza del mundo, lo empujó con su mano diciendo:

—¿Y a quién tenemos aquí?

Pedro le dio la mano y le respondió:

—Soy Pedro Herrera, mucho gusto Señor.

—¿Y de dónde eres? —preguntó el hombre.

—Vivo aquí en México —y luego añadió corrigiéndose—. Soy de León, pero actualmente estoy estudiando en la UNAM.

Pedro se volvió muy consciente de su ropa limpia pero desgastada, su piel morena y sus rasgos indígenas ante este hombre vestido con un traje caro y el pelo perfectamente estilado. Pero, al mismo tiempo, la confianza e intimidad de este hombre hizo que Pedro se sintiera más seguro.

—¿Un estudiante, y que quieres hacer con tu vida? —preguntó rápidamente el hombre con una sonrisa amplia y segura.

—Quiero ser un abogado —respondió Pedro sin pensar. De hecho, no sabía lo que quería ser, pero creyó que sonaría bien en una oficina de abogados.

—Por favor, no te pregunté qué querías ser, te pregunté qué quieres hacer, los abogados hacen diferentes cosas, pero tienes tiempo, no tienes que decidirlo ahora.

Pedro iba a responder para corregir su respuesta, pero el hombre se fue tan rápido como entró.

Entonces, en ese momento y sin darse cuenta, Pedro tomó la decisión de hacerse abogado. Sonó bien ser abogado y no tenía otra opción más atractiva, entonces era definitivo. Nunca dudaría de su decisión, simplemente seguiría adelante. Además, parecía bien estar vestido con un traje de negocios, zapatos nuevos y llevar un maletín recientemente hecho en León. Sentía como si le hubieran quitado un peso de encima y ahora podía enfocarse en su nueva meta.

Uno ya podía ver una diferencia en Pedro. Antes, era una persona que simplemente seguía las reglas. Hacía su tarea, se quedaba fuera de los problemas. Sí, logró una beca, pero solo tomaba cada paso como llegaba, no estaba seguro de su puesto en esta tierra extranjera. No tenía ninguna idea de cómo iba a hacer lo que tenía que hacer, no había una gran estrategia, pero ahora se sentía cada vez más como un hombre con un plan, una misión. Pedro estaba decidido a sobrevivir en esa ciudad grande e intensa, en la UNAM, sin sus amigos de León, sin familia.

Cuando recibió la oferta de trabajo no se sorprendió, posiblemente porque no sabía qué esperar. Pero estaba listo, todo estaba encajando. En su primer día, los nervios lo carcomían por dentro, pero al mismo tiempo sabía que todo estaba en el lugar correcto, que las cosas estaban yendo bien. Se convenció de que solo era un paso, aunque uno importante, en el camino que había elegido. Tenía un trabajo y tenía un objetivo: hacerse abogado. Decidió que iba a esforzarse aún más, mantener su cabeza baja y dedicar los siguientes años al trabajo. Era su fórmula para el éxito, como siempre.

Su tarea diaria en el despacho era entregar el correo. Aunque todo el mundo tenía correo electrónico, todavía había correo y documentos que tenían que ser entregados en papel y en persona. Cada día de la semana llegaba temprano en la mañana, recogía el correo e iba a su ronda. Era un trabajo sin retos, pero llegó a disfrutar el ambiente de la oficina: limpio, brillante, educado y profesional; totalmente disonante con su vida en León. Era como si estuviera caminando en la luna. Vestía tan bien como podía, pero Pedro sabía bien que había una diferencia entre él y los demás profesionales, aunque nunca aceptaría que eran mejores.

Su jefe inmediato, Horacio, era suficientemente amable. Tenía más o menos 60 años y sin educación, pero mantenía bien su trabajo, era eficiente y, según Pedro, demasiado subordinado a los profesionales. Pedro no veía a este hombre como un ejemplo a seguir, una persona que simplemente aceptaba su posición. Aunque nadie lo hubiera notado, Pedro odiaba esta actitud, tal vez porque temía comportarse así también.

En la superficie, Pedro tenía todo bajo control, pero todavía era un pez fuera del agua: un leonense solo, pobre y un poco perdido en la tierra de los chilangos. Algo dentro de él le decía que no pertenecía donde estaba y por eso, cada vez más, Pedro veía su vida como una lucha. Luchaba contra el papel que la vida le había dado y la intensidad aumentaba, tenía algo que demostrar. Cada día se convirtió en una competencia sobre cuánto más podía lograr. Nunca se rendiría.

Su ruta de correo en la oficina pasaba normalmente sin incidentes. Iba de escritorio en escritorio para entregar sus documentos. Había personas que decían "gracias" y había más que no reconocían su existencia. En un día, Pedro normalmente decía "de nada" cinco veces y nada más, más allá de las cortesías que le dirigía a Horacio. Pero no le importaba hacer relaciones, sólo quería hacer bien su trabajo y superar sus propios obstáculos.

Un día, entregó a María su correo. María había dicho gracias con una sonrisa las veces anteriores. Sí, Pedro había notado que ella tenía más o menos su edad y que sí, era bonita, pero nada especial, simplemente otra persona más en la oficina. Después de dejar sus documentos en su bandeja de entrada, Pedro oyó un fuerte y brillante:

—Buenos días, Pedro, ¿cómo estás?

Un poco sobresaltado, masculló en respuesta:

—Estoy bien, gracias —casi sin mirar la fuente de la intrusión, y volvió a su ronda. Pero luego oyó:

—¿Vas a hablar conmigo algún día, Pedro?

"¿Qué está pasando?", se preguntó. "Nadie aquí habla conmigo y hoy estoy siendo atacado". —Oh, sí puedo, pero no quiero molestarla, lo siento —dijo Pedro sin saber por qué sentía la necesidad de disculparse.

—Oh, te perdono, Pedro —dijo María sarcásticamente—. No, está bien, es que nos vemos todos los días y solo quería presentarme —añadió María naturalmente con una bonita sonrisa.

—Oh, sí, lo siento —respondió Pedro, lamentándose inmediatamente por decir "lo siento" otra vez.

—Está bien, gracias por el correo —dijo María, terminando la conversación.

—De nada —suspiró Pedro mientras se escapaba.

Pedro estaba aliviado de haber huido. Sí, María era una muchacha bonita y aparentemente amable, pero su plan no incluía una amiga, mucho menos una novia. No, sería mejor evitarla.

Esa noche, cuando Pedro llegó a la pensión que compartía con otros cinco estudiantes, tuvo que pasar por el cuarto común para entrar a su habitación y saludó a los tres que estaban relajándose allí. Uno le dijo:

—Pedro ¿cómo estás?, no te he visto en mucho tiempo, siéntate, toma una cerveza con nosotros.

Pedro, con una sonrisa forzada, se excusó diciendo que tenía demasiada tarea y se fue sin vacilar a su habitación. Cerró la puerta y saltó sobre su cama. Habían pasado muchas cosas ese día y necesitaba descansar.

Obviamente, Pedro no tenía una vida social, pero era por su propia decisión. Trajo su desconfianza en otras personas con él desde León. No tenía amigos y, en su mente, era mejor así. No tenía tiempo, y de todos modos se meterían en su vida sólo para echarla a perder. No, una vida solitaria era mejor. Pero si le hubieras preguntado: "¿Por qué vives solo, por qué no quieres amigos?", Pedro no hubiera podido responder con seguridad, simplemente se había convencido de que era mejor así. Por un momento, pensó en su breve interacción con María, pero inmediatamente empujó este pensamiento fuera de su cabeza y volvió a su tarea. Si iba a hacerse abogado, tendría que estudiar duro, no podría perder su tiempo en otros intereses.

Después de que obtuvo el trabajo, las cosas no fueron fáciles para Pedro. Si, tenía suficiente dinero para sus necesidades —y nada más, por cierto—, pero tenía que despertarse temprano en la mañana, ir a la oficina, entregar el correo, ir rápidamente a sus clases y luego estudiar hasta tarde en la noche. Además, los estudios no se le daban naturalmente. Simplemente no era fácil mantener el ritmo de su nueva y extraña vida. Tenía que esforzarse cada día, pero sabía que tenía que seguir, tenía sobre sus espaldas la amenaza siempre presente de volver a León. No podía imaginar regresar a esa vida, vivir con su mamá y todas las dificultades que eso acarrearía. Trabajar produciendo cuero sería una pesadilla insoportable. ¿Cómo estaría su mamá? No, León estaba lejos. No había posibilidad de regreso.

Los días se convirtieron en semanas, las semanas en meses. Pedro seguía yendo a sus clases y trabajando. Estaba progresando en sus estudios, aunque parecía cómo un flujo interminable de tareas. Aun así valoraba la sencillez y el orden de su vida: una mañana en la oficina, donde podía observar clandestinamente a los que pertenecían allí, y una tarde en la UNAM, donde podía ver a los otros estudiantes y sus vidas acomodadas. Pasaba sus fines de semana estudiando en su habitación, sólo a veces daba un paseo fuera. Ir al mercado era su actividad más social de la semana.

Así fluían sus días, avanzaba a paso seguro hacia su meta, pero al mismo tiempo, cada día parecía pesarle más que el anterior. Pedro podía ver que tenía la habilidad de lograr el éxito, habiendo pasado los cursos más difíciles, con un buen trabajo, suficiente dinero para comer, todo marchaba como debía ser. No esperaba más que ser aceptado en la facultad de Derecho y tenía tiempo para armar su estrategia. Sin embargo, cuando terminaba su jornada y estaba solo en la oscuridad de su habitación, a veces le era difícil no llorar. Pedro no lo entendía bien.

Mientras Pedro andaba por el campus de camino a su barrio, casi en una nube de otro día largo, oyó una voz femenina gritando desde la distancia:

—Pedro, oye, ¡Pedro!

"Claro, debe ser para otro Pedro", pensó y entonces no se volteó. Pero los gritos persistieron y se hicieron más fuertes, hasta que tuvo que voltearse, pero lo hizo de una manera sutil, para que nadie pensara que estaba respondiendo a unos gritos que quizá no eran para él. En ese momento vio a María, saludándolo con la mano enérgicamente, sin ninguna evidencia de timidez. Se acercó directamente y se paró frente a él, mucho más cerca de lo que era cómodo para Pedro.

Había pasado los últimos meses evitando a María. Claro, ella estaba en una misión para interrumpir su vida y exponerla a todo. ¿Por qué? Pedro no lo sabía, pero no iba a dejar que ella cambiara nada. Estaba decidido.

—Pedro ¿cómo estás? Creí que eras tú, puedo reconocerte en cualquier lugar —dijo María como si ya fueran mejores amigos.

Pedro, un poco aturdido, murmuró:

—Sí, soy yo.

María, llevando una mochila —por lo visto llena de libros—, se rio casualmente y dijo:

—No te has dado cuenta de que soy estudiante aquí también —no era una pregunta, sino una declaración—. Bueno es porque siempre me evitas —añadió rápidamente, todavía sonriendo con inocencia.

Pedro estaba sorprendido y confundido. Se dio cuenta que esta chica sabía que la evitaba, pero parecía no importarle y, aparentemente, no le molestaba para nada tampoco. Ella iba a ignorar eso totalmente y seguir adelante. Pedro pensó inmediatamente que se comportaba como si no entendiera sus sentimientos, pero de repente se dio cuenta de que era lo opuesto. María sabía, incluso antes que él mismo, que el rechazo que sentía por las relaciones sociales no era algo que tuviera que ver con los demás, sino con algo más profundo dentro de él. Esta chica poseía una fortaleza que Pedro no.

De todas maneras, fue demasiado para él en solo un momento, por lo que empezó a desarrollar en su mente su estrategia para escaparse, pero María siguió interrumpiéndolo:

—¿Qué estudias? ¿Dónde vives? Todo el mundo sabe que eres estudiante aquí, es impresionante ¿Por qué no vas a las fiestas de la oficina? —y seguido por una lluvia de otras preguntas.

Pedro respondió con tan pocas palabras cómo le fue posible, pensando que así ella iba a dejar que se fuera pronto. Pero, de hecho, sin importar cuánto lo intentó, Pedro no pudo evitar pensar que María era aún más guapa fuera de la oficina, en ropa casual y sin maquillaje. Y esa leve plática era algo que en realidad estaba disfrutando. Su inocencia y franqueza casi lo hipnotizaron, nunca había tratado con una persona así, nadie más había querido entrar a su vida.

Pedro casi se relajó hasta que vino la temida pregunta:

—¿Qué haces? ¿Por qué no vamos por un café?

Bueno, para Pedro no era una pregunta sino un asedio. Lo agarró por sorpresa, no había ninguna forma de que Pedro fuera por un café para hablar sobre su vida con una muchacha tan encantadora, y empezó a ofrecer su excusa:

—Sí, gracias, pero tengo mucho trabajo y…

—Por favor, Pedro —interrumpió María con su sonrisa brillante, pero al mismo tiempo exasperada—. Sólo es una taza de café, ¡vámonos!

Ella empezó a caminar. Pedro tuvo que seguirla, era como si hubiera un imán jalándolo a rastras. Esta chica no era como cualquier otra persona que había conocido, pensó Pedro, quien iba a insistir otra vez en que tenía demasiado trabajo, pero vaciló y se le pasó la oportunidad.

En ese momento pudo ver que María nunca aceptaría una respuesta negativa y empezó a sentir que le gustaba; de hecho, definitivamente le gustaba. Miró sus ojos y por primera vez pudo verla como realmente era: no tenía motivos encubiertos, sólo quería hablar, sólo quería conocerlo. Entonces, se rindió. Había evitado exitosamente a esta chica por un largo tiempo, pero ahora estaba completamente indefenso. De hecho, no pudo recordar por qué la evitaba. Se entregó completamente a esta experiencia, y se sintió feliz por ello.

Fueron al barcito de enfrente. María quería saber todo y Pedro le dijo todo. Era la primera vez que hablaba así con alguien. María siempre sabía lo que tenía que decir y él llegó a confiar en ella. Todo era natural, conmovedor e íntimo. Se perdió en su compasión. Pedro habló de León, de su mamá y de su sueño de escapar de una vida en las talabarterías; sentimientos y pensamientos que nunca puso en palabras. Era la primera vez que se relajaba con otra persona en lo que pareció una eternidad. Quería que durara para siempre. Recordaría ese día por el resto de su vida.

Algo pasó ese día en el café: Pedro se dio cuenta de lo que le faltaba. Era como si de repente una luz hubiera brillado sobre todo. Era obvio ahora, ¿por qué no lo supo antes? ¿cómo podía ser tan ciego? Le sorprendió lo mucho que deseaba interactuar con otra persona, compartir, escuchar y, especialmente, reírse. Pedro se estaba convirtiendo en un hombre completo. Tardaría más tiempo, pero estaba en el camino.

***

Y así, sin más, llegamos al fin de esta historia. Yo podría seguir sin cesar contando todo lo que Pedro logró en su vida. Claro, se graduó y se hizo abogado. Pero hay muchas otras cosas que también podría haber hecho Pedro. Habría sido posible que se convirtiera en juez y, quizá, que Pedro y María se casaran y tuvieran tres hermosos hijos. O tal vez quedaran como amigos y empezaran su propia firma de abogados. También habría sido posible que Pedro regresara a León, se reuniera con su mamá, la salvara de sus problemas y que ella nunca tomara otra gota de alcohol. Quién sabe, todo es posible.

Pero no son importantes los detalles de su vida, ya sabemos que fue exitoso. Ya sabemos que desafió todas las probabilidades, no porque cometió un acto hercúleo, sino porque nunca se rindió. Ya sabemos que es una persona normal, que no tenía ninguna ventaja, aunque superó todo. Que tenía miedo, pero tenía más valor. Sí, influyeron en sus logros algunas personas especiales que pasaron por su vida, como el farmacéutico de León, sus primeros compañeros de trabajo y, por supuesto, María, pero fue él quien afrontó cada una de las dificultades, quien se levantaba temprano, estudiaba, trabajaba, se esforzaba cada día. Es él y su determinación de superarse a sí mismo, el héroe de esta historia. Nuestro héroe.

Roy Phelan

El Cazador de Ciervos

El guerrero joven y el perro se deslizaban silenciosamente por el bosque. Los ojos del guerrero, profundos y oscuros, escaneaban todo a su alrededor, ningún movimiento escaparía a su vista. Aunque nunca miraba abajo, daba cada paso sin emitir ningún sonido, una rama rota hubiera arruinado todo. El perro, con su cuerpo magro pero fuerte, seguía a su amo, también consciente de todo en el bosque, respirando por su nariz, capaz de detectar cualquier presa sin verla. Se quedaban en la sombra, nunca permitirían que un rayo de sol los expusiera. Los dos se movían como uno, cada uno en su papel. Nacieron para hacer lo que hacían, para estar juntos en este bosque denso y primitivo, cazando juntos su alimento esencial.

Tanka era alto, tenía músculos largos, y así era más ágil que fuerte. Aunque todavía era joven, su fuerza se desarrollaría. Se vestía de la manera en la que lo hacían los guerreros jóvenes de su tribu: pintaba su frente de negro, se afeitaba la mitad de la cabeza y dejaba que el cabello del otro lado se extendiera más allá de sus hombros. Llevaba puesto sólo un taparrabo y mocasines rudimentarios de piel de conejo. Llevaba una aljaba sobre su espalda y en su cinturón, un cuchillo de hueso. Grasa de oso cubría su cuerpo para proteger su piel de los mosquitos y otros insectos. Colgando de su cabello había tres plumas, cada una representando a un guerrero de otra tribu al que había matado en incursiones anteriores. En sus manos, estaban siempre listos su arco y flecha.

De pronto el perro se congeló y emitió un suave pero urgente gruñido, tan sutil que sólo fue perceptible para Tanka, quien se detuvo también, tan rápido que parecía en simultáneo. Sin una palabra, sabía que el perro había olido algo. Miró alrededor, especialmente en la dirección donde soplaba el viento. Dio dos pasos y luego pudo ver el trasero de un ciervo que todavía no los había notado, Tanka dio dos pasos más para tener una vista directa del hombro. Revisó el área para ver si había cría y, sin evidencia de ello, levantó su arco con su flecha cargada, la jaló, apuntó al ciervo y dejó que volara, todo en un solo movimiento continuo, grácil y silencioso. Los dos oyeron el ruido sordo cuando la flecha lo golpeó precisamente detrás del hombro, donde estaba el corazón.

El ciervo, instintivamente salió corriendo en el mismo momento en que la flecha lo penetró. El perro saltó persiguiendo al animal con Tanka no muy atrás. Los dos corrieron furiosamente por el bosque, por miedo a perder su premio. Cuando Tanka los alcanzó, el ciervo estaba acostado en la tierra sangrando profusamente; el perro lo sostenía por la oreja en una mordida furiosa, casi arrancándola de su cabeza. Tanka terminó su sufrimiento con un golpe rápido al cráneo con el mango de su cuchillo y arrancó la flecha. Sin vacilación, porque sabía que las moscas llegarían pronto, cortó su vientre, abriendo para quitar todas las tripas. Luego, arrancó el corazón, dio lascivamente una mordida y levantó sus brazos ofreciéndolo al cielo en agradecimiento al Dios de los cazadores y al de los ciervos. Con su boca y barbilla rojas por la sangre, lanzó un primitivo grito de exaltación. Su chillido resonó en las montañas y a través del bosque. Dio el resto del corazón al perro, que había estado esperando su premio, quien lo tragó entero sin ceremonia.

Tanka se había convertido en hombre hacía poco más de un año. Cuando los padres Nakatokas creían que un muchacho estaba preparado para ser hombre, lo enviaban al bosque para vivir solo por un año. Los Nakatokas tenían que probar su hombría. Un regreso antes del año hubiera significado vergüenza para el resto de su vida. Era impensable. La mayoría de los muchachos tenían miedo de ese año porque sí, era exigente. Los inviernos en la tierra de los Nakatokas eran severos y hubo muchachos que murieron. Pero Tanka estaba seguro de estar listo, tenía una confianza que pocos tenían, y el carisma que la acompaña. Quería la oportunidad de demostrar sus habilidades y probar su fortaleza. Terminó su año un poco flaco, pero orgulloso. Ahora, aunque tenía no más de 15 años, era un hombre a los ojos de su tribu.

Tanka llevó el cuerpo del venado sobre su espalda hasta el pueblo. Fue más duro llevarlo los más o menos 5 kilómetros que matarlo, pesaba casi lo mismo que él. Tanka llevaba con altivez la sangre de la nación Nakatoka. Había alrededor de 20 pueblos que pertenecían a los Nakatokas, cada uno tenía de ocho a quince familias, y todos vivían en las estribaciones de una gran cordillera. La mayoría de los pueblos se desplegaban cerca del río, el Kakotaw, que fluía rápido en la temporada de deshielo. Era un buen lugar para una tribu pequeña, aunque tenían que luchar contra las tribus vecinas para proteger su derecho de vivir ahí. Sus dioses vivían en las montañas, muy alto en la nieve. Los Nakatokas nunca cruzaban esta gran cordillera, formidable y temible por su cobertura de hielo imperturbable.

Cuando llegó al pueblo, los niños lo vieron y lo siguieron, emocionados por su triunfo, pero Tanka simplemente dejó caer el cuerpo frente al tipi de su familia. Su mamá y hermanas sabían qué hacer. Otros guerreros anunciarían su victoria y celebrarían con la gente, buscarían el reconocimiento que una cacería exitosa merecía. Pero Tanka era más serio que el resto, nunca buscaba atención. Su premio era la cacería, simplemente estar solo en el bosque con el perro a su lado. De todos modos, sólo cazó una hembra, los machos eran más valorados.

Tanka fue a sentarse cerca de la fogata comunal. El perro lo siguió y se recostó alejado del pueblo, pero manteniendo a Tanka a la vista. Este perro no era mascota, los perros Nakatokas no tenían dueños. Era más lobo que perro, en apariencia casi no había diferencia entre ambos. Cuando todavía era cachorro, empezó a seguir a Tanka hasta el bosque. Siempre y cuando el perro estuviera en silencio, Tanka lo dejaba cazar con él. El perro aprendió rápidamente; bueno, los dos aprendieron juntos. En el pueblo, el perro vigilaba a Tanka, siempre esperando otra cacería. Tanka no le daba órdenes, no podía hacer trucos, ni siquiera tenía nombre.

Hablando con sus compañeros alrededor de la fogata, Tanka se enteró de que los muchachos de su pueblo estaban preparando una visita a otro pueblo. El propósito, superficialmente, era honrar a su jefe para mantener buenas relaciones. Pero en realidad, la hija del jefe, Arizona, acababa de alcanzar la edad de elegir a un hombre y recientemente había tenido lugar una fiesta con el fin de anunciarlo y celebrarlo. Casarse con la hija de un jefe honrado siempre era un honor, pero esta princesa era especialmente deseada por su belleza. Normalmente Tanka no se metería en tales tonterías, pero esta vez sus padres lo animaron. En su opinión, era tiempo de que Tanka buscara a una mujer. Entonces fue con sus compañeros, 7 en total, hasta el otro pueblo.

Tener un caballo en ese entonces era raro y especial y Tanka tenía uno. Las tribus en su región habían sido conscientes de la existencia de los caballos hacía años, pero en esa área no había muchos. Podías obtener uno por un intercambio, más eran preciados. Tanka obtuvo el suyo en una incursión, lo robó de otra tribu. Luego, fue con un hombre de su tribu para aprender a domarlo y entrenarlo. Tanka pasaba mucho tiempo con su caballo. Aprendió a controlarlo y los dos desarrollaron la habilidad de funcionar juntos como uno. No lo veía como una manera de vivir diferente, pero era una aventura. Además, sabía que en la eventualidad de una incursión, el caballo puede ser de vital utilidad.

Tanka quería montar su caballo para ir con sus compañeros hasta el otro pueblo, pero hubiera sido ostentoso y no quería hacerlos quedar mal. Sabía que querían lucir bien enfrente del jefe, y su caballo atraería toda la atención. No, caminó entre sus compañeros, habló un poco, pero se quedó tranquilo en general. Cuando llegaron, el pueblo estaba listo, claro, ya sabían que los muchachos iban a llegar, no había secretos en esa tribu. Las muchachas y niños se emocionaron. Pareció que los guerreros locales casi no los notaron, pero en realidad estaban atentos a cada uno de sus movimientos. Eran compañeros, pero a la vez competidores.

El jefe se llamaba Matolakate, "asesino de osos" en la lengua de los Nakatokas. No era el jefe de todos los Nakatokas, pero sí del pueblo más grande. Digo jefe, pero los jefes no tenían control total de su tribu. Era el líder y vocero de su pueblo y sí, tenía mucha influencia. Cuando había desacuerdos, todos iban a Matolakate. Aun así, cada guerrero Nakatoka tomaba su propia decisión. Matolakate era un guerrero duro, feroz y despiadado, sus castigos siempre eran severos. Y, a veces, sus acciones eran interesadas y mezquinas. Tomaba su papel en serio, aunque en ocasiones abusaba de su autoridad. Era muy protector, especialmente con sus tres hijas. En fin, un hombre al cual evitabas si podías.

Tanka y sus compañeros fueron directamente al tipi de Matolakate, conscientes de que todos los ojos del pueblo estaban sobre ellos. Matolakate, con su cara y cuerpo pintados formalmente, los saludó a la manera de los Nakatokas, con brazos cruzados y una inclinación de la cabeza. Los guerreros lo saludaron de la misma manera, pero con una inclinación más profunda. Mientras miraban de reojo a Arizona, uno a uno los guerreros le presentaron un regalo a su padre, diciendo un discurso breve y muy halagador para luego jurar lealtad a él y a la nación Nakatoka. Claro, querían impresionarlo. En el fondo estaba la hija, la princesa, y sus hermanitas y amigas. Estaban sentadas en círculo fingiendo que hacían sus labores, unos cestos o algo así, pero en realidad estaban atentas a los visitantes. Para los guerreros, la experiencia era superficial pero necesaria. Era el primer paso para ganar la mano de su hija y habría más.

Desde la parte trasera del grupo, Tanka podía ver todo. Se preguntaba por qué sus compañeros deseaban casi automáticamente la mano de la hija de este cabrón. Veía a Arizona que sí, era guapa, pero Tanka se dio cuenta de que ella estaba disfrutando toda esa atención. Aunque no se movía, casi temblaba de emoción. Ella era el centro de todo y lo disfrutaba, su comportamiento era lo contrario de lo que Tanka valoraba. No, había otra chica que llamó su atención. Era la hermanita de Arizona, Ayiana. Ella estaba sentada sobre sus piernas completamente en calma, sin evidencia de emoción. A Tanka, Ayiana le parecía guapa también, pero de una manera distinta. Su cara era larga y estrecha, su nariz aguileña era larga también. Su boca era pequeña, sus labios gruesos. Era perfectamente bella para Tanka. Pero su actitud y humor fue lo que más lo impresionó. Parecía pacífica y tranquila, como si ella estuviera completamente sola en el mundo, enfocándose sólo en su cesto. Tanka la había notado antes, proyectaba una cualidad que no podía explicar. Claro, ella no se metía en trivialidades, nunca chismeaba, no se reía tontamente como las otras chicas. No, era una chica seria y cada vez que Tanka la veía, parecía más y más una mujer.

Luego fue el turno de Tanka. Se acercó a Matolakate y presentó su regalo, las astas de un venado que recientemente había matado. Era un buen regalo. Luego le explicó que tenía mucho respeto por él y su familia, pero sus palabras fueron breves y vacías, apenas educadas. Los dos ya conocían la historia entre sus familias. Matolakate y el padre de Tanka habían sido muy competitivos cuando eran jóvenes. Hacía muchos años, durante una cacería el cacique había reclamado la matanza de un animal que era en realidad del padre de Tanka. A pesar de que su padre nunca dijo nada sobre este evento, desde ese momento en adelante, fueron enemigos. Todavía no se hablaban.

Claro, nadie excepto Matolakate sabía lo que había detrás de la actitud del joven guerrero, pero al escuchar sus palabras, se dio cuenta de que Tanka sabía todo y se enfureció. Quería matarlo en ese momento, pero no podía hacerlo enfrente del pueblo entero. No, su venganza tendría que esperar. En ese momento se dio cuenta de que este muchacho engreído sería su enemigo por el resto de su vida.

Aunque Tanka estaba enfurecido también, tan pronto como se dio la vuelta, sus pensamientos volvieron a Ayiana. Sabía que Matolakate nunca le permitiría hablar con ella porque todavía no era una mujer. Tenía que pensar, tener paciencia, una oportunidad aparecería. Tanka tenía pensamiento propio, era un hombre, un guerrero independiente y hacía lo que quería, no importaba lo que pensara el cacique.

Temprano al día siguiente, Tanka montó en su caballo y ambos salieron galopando en el aire fresco de la mañana, con las bellas montañas en el fondo. Encontraron el río que daba la vida a su gente y galoparon por él hasta el otro lado. Era primavera y el choque de las aguas heladas sobre su cuerpo casi desnudo lo hizo sentir vivo, más vivo que nunca. El caballo y el guerrero eran uno. Se sintieron solos en la tierra de los Nakatokas, la tribu de las montañas.

En ese momento, la vio. Se estaba arrodillado en la orilla del río, lavando algo en el agua. Tanka se paró detrás de un árbol y la miró. Notó cada uno de sus movimientos: calmos, precisos y con propósito. También notó su cuerpo largo, flaco y grácil. Tanka sentía que su corazón latía más rápido; de hecho, estaba a punto de reventar. Sintió el sol de la mañana subir sobre las montañas y calentar su espalda. No era consciente de su emoción, simplemente dejó que lo invadiera, cruda, primitiva y natural. Al mismo tiempo, sabía cómo mantener su carácter bajo control. Este guerrero tenía una paciencia y disciplina de la cual la mayoría de los guerreros jóvenes carecían.

Luego, vio que una prenda de ropa se escapaba de Ayiana y estaba fluyendo río abajo con la corriente rápida. Ayiana no pudo alcanzarla y pareció perdida. En un instante, Tanka y su caballo salieron corriendo, fueron directamente hasta el río, chapotearon por las aguas y alcanzaron la prenda en lo que pareció un parpadeo. Ayiana se levantó y los miró. Tanka, manteniendo su velocidad, se inclinó hasta el río y en un movimiento ágil y sin esfuerzo, tomó la prenda de las aguas heladas. Qué espectáculo. Rápidamente, él y su caballo se dieron la vuelta y fueron en dirección a Ayiana. Se acercaron a la muchacha aún al galope, aparentemente con la intención de devolver la prenda, pero, en vez de dársela, siguieron de largo y se detuvieron 10 metros más allá. Ayiana había estirado su mano para aceptar la prenda, pero se quedó sin nada. Tanka y su caballo voltearon una vez más para enfrentarse a ella, revoleó una pierna sobre el caballo y, con una flexión del cuerpo, saltó y aterrizó suavemente en la tierra.

Ayiana estaba impresionada, claro, pero no iba a demostrarlo. Se quedó sin expresión esperando el regreso de su ropa.

—Lo siento señorita, no quería engañarla, pero tuve que aprovechar la oportunidad de devolver su ropa de una manera personal. Soy Tanka, guerrero de los Nakatokas, y su sirviente también.

Ella ya lo conocía, pero no se habían presentado formalmente. Fue un momento poco formal y humilde, pero Tanka lo hizo sin pensar, no estaba consciente de qué tanto quería dar una buena impresión. Ayiana, con una pequeña sonrisa satisfecha, respondió:

—Entonces, ¿crees que puedes engañarme?

Ella lo pilló desprevenido. Normalmente las chicas, especialmente las más jóvenes, sólo les mostraban respeto a los guerreros. Solo miraban hacia abajo en la presencia de un guerrero, pero esta chica estaba mirando directamente a los ojos de Tanka, sin vergüenza, incluso con un poco de desafío. Pero en vez de estar ofendido, Tanka estaba hipnotizado por sus ojos redondos, oscuros y perfectos. Tanka tuvo que contener una sonrisa.

—Claro que no, mi princesa, dijo Tanka con un matiz de sarcasmo, pero al mismo tiempo, demostrando que ya sabía quién era—. ¿Quién soy yo? Sólo un guerrero a su servicio.

Ayiana, también escondiendo su sonrisa, le dijo:

—Y ¿cuáles servicios puede esperar una princesa de su sirviente?

Tanka, para este momento disfrutando enormemente su descaro, respondió:

—Sus deseos son mis órdenes, princesa.

Ayiana, consciente de que siempre es mejor salir cuando todavía tienes la ventaja, concluyó la conversación diciendo:

—Es bueno saber que estás a mi servicio Tanka, guerrero de los Nakatokas. Te llamaré cuando te necesite.

Con esto ella tomó su ropa de las manos de Tanka, volteó y regresó caminando lentamente, adrede y con su postura perfecta, a su pueblo. Tanka no pudo quitarle los ojos de encima hasta que desapareció entre los árboles.

Por supuesto que ella dejó a Tanka boquiabierto. El joven guerrero sólo pudo mirar su espalda mientras ella se marchaba del río sin mirar atrás. Siempre había creído que elegiría a una mujer de una manera deliberada y consciente, que evaluaría todas sus cualidades y luego tomaría una decisión racional, una elección basada en lo que sería mejor para criar a una familia. Escogería una esposa que trabajara duro y que supiera bien las habilidades de una mujer: curtir piel, cocinar, hacer ropa y recolectar semillas y nueces. Pero ahora estaba completamente enamorado y enganchado a una princesa que apenas conocía. Sentía que ella le había echado un hechizo ¡Ni siquiera era una mujer aún!

Tanka corrió y saltó sobre su corcel. Juntos corrieron hasta las montañas con la euforia que sólo un muchacho podría sentir después de conocer a la muchacha de sus sueños.

Por supuesto que habría problemas, el menor de ellos era que Ayiana todavía no era mujer. Primero, su hermana mayor tendría que encontrar a un hombre. No era posible que una hermanita encontrara novio antes que su hermana mayor, era la ley de los Nakatokas. Segundo, y más importante, era la relación entre la familia de Tanka y el padre de Ayiana. Un matrimonio siempre necesitaría la aprobación del padre. Pero sabemos cuál es la actitud de un hombre joven, de un cazador y un guerrero: no hay montaña demasiado alta, no hay valle demasiado amplio.

Durante las semanas siguientes, Tanka vivió su vida como si estuviera en un sueño. Montaba su caballo, cazaba con el perro y pasaba aún más tiempo hablando y bromeando con sus compañeros. Claro, no podía hacer nada que tuviera que ver con Ayiana. Sólo aprovechaba las oportunidades —algunas más de las habituales—, para visitar su pueblo, donde intercambiaban miradas. Vivía la vida de un guerrero Nakatoka soltero.

Un día, Tanka estaba sentado alrededor de la fogata comunal con otros guerreros, ajustando su arco y haciendo puntas de flecha, cuando llegó la noticia: Matolakate había anunciado el matrimonio de Arizona. Iba a casarse con un guerrero de otro pueblo, el segundo más grande de los Nakatokas. Claro, cuando los otros guerreros se enteraron de la noticia, se deprimieron. Sólo había uno o dos con esperanzas realistas, pero ninguno estaba feliz por el guerrero elegido. La excepción fue Tanka. Escondiendo su buen humor, Tanka se levantó y fue rápidamente a montar su caballo. Juntos corrieron, primero hacia el pueblo del novio para felicitarlo y luego, sin pensar exactamente en lo que iba a hacer, al pueblo de Matolakate.

Cuando llegó, pudo ver a Ayiana en la distancia. Quería intensamente acercarse a ella y hablar sobre la buena noticia, quería abrazarla, pero no habría sido un acto apropiado de parte de un guerrero. No, Tanka sólo podía asumir el riesgo de mirarla directamente a los ojos y ofrecerle una sonrisa cómplice. Ayiana tuvo que desviar la vista para evitar sonreírle directamente en respuesta, pero todavía podía sentir el calor de su mirada fija. Habría sido demasiado obvio y vergonzoso saludarla, así que Tanka fue de inmediato al tipi de Matolakate para felicitarlo.

Tanka montó su caballo hasta donde Matolakate estaba sentado con otros líderes de la tribu, los guerreros aceptaban las felicitaciones de muchas personas mientras las mujeres preparaban todo para la celebración. Tanka parecía imponente y carismático montado sobre su caballo y todo el mundo lo notó. Si Tanka hubiera sido más consciente de lo que estaba haciendo, no habría atravesado el pueblo con tanta soltura para saludar al jefe. Matolakate era un hombre mezquino y era obvio que tenía envidia del caballo. En su opinión, Tanka lo estaba haciendo quedar mal. Sin pensar, Tanka bajó de su caballo, caminó con seguridad hacía Matolakate y lo felicitó de una manera animada y honesta, pero no lo suficientemente humilde para un guerrero joven. En ese momento, la emoción de Tanka por tener una oportunidad de obtener la mano de Ayiana superó su animosidad contra Matolakate. De todos modos, él sabía que tenía que mejorar su relación con el padre de su amada, quien aceptó de mala gana las felicitaciones y volteó a hablar con los otros líderes para evitar una conversación con este tipo, que aparentemente no lo respetaba.

Tanka, todavía repleto de esperanza, casi no notó el abrupto fin de la conversación. Volvió a su caballo, lo montó y galopó hacia adentro del bosque. Tanka sentía que podía avanzar un poco su relación con Ayiana, pero todavía tenía que tener cuidado. No quería ser inapropiado con ella, sería el fin de su relación incipiente. Entonces, durante las semanas siguientes, montando a caballo, visitaba el río donde la había visto antes. De vez en cuando ella estaba allí, a veces con otras chicas y a veces sola. Cada vez que Ayiana iba al río, sus ojos escaneaban el horizonte en búsqueda de su guerrero montado. Los dos estaban conscientes de la presencia del otro y, por más que intentaran controlarlo, sus miradas se cruzaban, dejando a los dos incapaces de defenderse contra la abrumadora tensión entre ellos.

Tanka cazaba en las colinas al oeste del río. Estaba luminoso y era uno de los primeros días calurosos del año. De repente, divisó un ciervo macho en un prado y no podía creer su suerte, era raro encontrar un macho en el verano. Normalmente, uno sólo se tropezaba con ellos en el otoño, la temporada de celo, el resto del año se ocultaban en las sombras. Con el perro no muy detrás, Tanka, ya sudando profusamente de emoción, acechó al animal bajo el camuflaje del bosque. Se deslizó de árbol a árbol, asegurándose de quedar siempre de frente al viento. Temblaba de excitación. El perro emitió un gruñido de expectativa, después de notar al macho no mucho después que su compañero. Tanka llegó al lugar desde donde podía hacer un intento. Prefería un disparo más corto, pero ir más cerca hubiera arriesgado todo, seguro el macho lo hubiera escuchado. Tanka levantó su arco, pero vaciló. Se tomó un momento para apreciar a este animal, que era más grande, más fuerte, más ágil y más rápido que él. Estaba de pie en medio del prado, el pasto y las flores silvestres subían por sus grandes patas, pero no alcanzaban su cuerpo. La majestuosidad de este animal orgulloso casi lo superó, era el arquetipo de lo que Tanka valoraba en este mundo: gracia, velocidad y fortaleza. Pero tenía un propósito, era un cazador por sobre todo y rápidamente recobró su compostura. Tanka intentó relajarse, inhaló por su nariz y exhaló por su boca, manteniendo al mismo tiempo sus sentidos en alerta y sin dejar de mirar directamente a su presa. El perro se tensó expectante. Tanka apuntó su flecha, la empujó y la disparó. Después de volar en silencio por el aire, la flecha le dio al macho en las costillas. Sin saber lo que había pasado, el macho vaciló un momento. Tanka permaneció inmóvil, iba a agarrar otra flecha, pero el primero en moverse fue el perro quien saltó corriendo por el bosque e irrumpió en el prado a toda velocidad. Al ver al perro, el macho salió corriendo también, directamente hacia el bosque, donde tendría una ventaja. Así empezó la persecución.

Tanka sabía que posiblemente iban a perderlo, no había sido un golpe directo al corazón. Esperaba que la flecha penetrara el pulmón, pero sin embargo sería una persecución larga. El perro y el macho corrieron, tropezando por el bosque. Tanka, conservando su energía, los siguió corriendo más lento. El macho los llevó a través de los árboles, zigzagueando cada vez que el perro se acercaba a él. Tanka no podía ver evidencia de sangre y los había perdido de vista, por eso perseguía el sonido de ramas rompiéndose y los ladridos intermitentes. Corrió y corrió. Las ramas de los árboles cortaron su piel más de una vez, la sangre fluía de su mejilla y luego de su pecho. El ciervo irrumpió y se detuvo en un claro del bosque y luego subió corriendo la base de la montaña, sus poderosas piernas hinchadas con sangre subieron y subieron, aspirando bocanadas enormes del aire enrarecido de la montaña. Alcanzaron otro grupo de árboles pegándose a una cuesta empinada. El macho, con el perro como sombra, desapareció en los árboles. Al entrar al claro, Tanka no pudo verlos. Escaneó sus huellas, pero tuvo que guiarse por su intuición, no había tiempo para rastrear con cuidado. Corrió y corrió, esta vez cuesta arriba. Sus pulmones estaban a punto de reventar y parecía que sus piernas no podrían dar otro paso, pero, de repente, los vio. Estaban inmóviles cerca de un arroyo y el macho había volteado para enfrentarse al perro. Había corrido suficiente, sabía que no podía escaparse de su tenacidad. Su cabeza se inclinó ubicando sus astas, todavía inmaduras, en una posición de defensa, era el momento de enfrentarse a sus cazadores. El perro sabía que sería peligroso, probablemente mortal, atacar. Pero también, que sólo tenía que esperar, el final estaba cerca. Tanka, manteniendo al perro entre él y el ciervo, tomó otro momento para apreciar su poder y valor. Podía ver la sangre fluyendo bajo su cuerpo y su pecho creciendo con cada aliento gigante. Lo adoraba. Tanka luchó para recuperar su aliento, sus pulmones todavía quemaban. Puso una flecha en su arco, la apuntó directamente al corazón de esta criatura maravillosa y disparó. Fue un golpe directo. Sin remover sus ojos del amenazante perro, el macho cayó de rodillas, todavía listo para protegerse con sus astas. Vaciló en esta posición un momento y luego se desplomó sobre la tierra, quedando inmóvil. El perro lo atacó inmediatamente, pero pronto se dio cuenta de que la lucha ya había acabado.

El macho era grande, demasiado grande para llevarlo. Tanka tendría que regresar por su caballo, así que se fue con prisa dejando al perro con la presa para defenderla. Sabía que los lobos podrían llegar pronto y que el perro no podría defenderse contra una manada de lobos salvajes. Después de regresar con el caballo, Tanka preparó el cuerpo y dio al perro su recompensa, una porción grande de carne cruda. Sin el perro, la persecución no hubiera sido exitosa. Tanka luchó con el cuerpo pesado e inmóvil, hasta que finalmente lo lanzó sobre la espalda del caballo, dejando espacio para sí mismo.

Tanka sabía adónde iría. No era algo que hiciera racionalmente, sus instintos tomaron control. Entonces, en vez de ir a su pueblo, donde siempre había llevado sus matanzas previas, fue directamente al pueblo de Matolakate. Un macho sería un regalo impresionante, un regalo que seguramente ganaría su gracia, un paso importante en la búsqueda de la mano de su hija.

Después de llegar con su presa fresca, avanzó montado orgullosamente por el pueblo. Tanka, todavía joven, creía que demostrar su poder, sus habilidades como cazador, aumentarían sus chances con Ayiana. No se percató de que un poco de humildad hubiera sido mejor. Cabalgó en círculos por el centro del pueblo, echando un grito de exaltación y dejó caer al macho enfrente del tipi de Matolakate y, con un movimiento rápido pero grácil, salió corriendo hasta el bosque.

Matolakate no estaba en su casa para ver el espectáculo de Tanka, pero se enteró de la impresión que este había dejado. Todos en el pueblo estaban hablando de qué tan impresionante había sido ver a Tanka y su caballo. A Matolakate, la admiración de su gente por Tanka le daba mucho coraje. Tuvo que fingir felicidad por una caza exitosa, pero no pudo soportar la emoción del pueblo. Por dentro, rabiaba de envidia.

Matolakate tenía que saber por qué había recibido un regalo tan importante de un tipo joven que odiaba. Claro, sus pensamientos fueron hacia su familia. Primero, fue a ver a Arizona, su recién casada hija y demandó si ella sabía algo: "No sé nada papá, tal vez deberías preguntarle a Ayiana". Fue todo lo que se necesitaba. Fue directamente a Ayiana y exigió una explicación, ella inmediatamente empezó a llorar, no podía decir nada, dando la evidencia que necesitaba. Matolakate enfureció con la idea de que su bebé pudiera tener una relación con este debilucho y, sin pensar, golpeó a Ayiana en la cara, enviándola despatarrada y llorando a la tierra. Fue un acto terrible, aún para la vida dura de los Nakatokas.

Matolakate, con su ira todavía completamente fuera de control, reclutó a dos de sus compañeros y los tres llevaron al macho hasta el pueblo de Tanka. Cuando llegaron, lanzaron el cuerpo en la tierra frente al tipi de la familia de Tanka, con casi todo el pueblo mirando. Matolakate anunció en voz alta: "Matolakate no recibe regalos de cobardes, y sólo los cobardes cortejan niñas". Fue un acto extremo, un reto de consecuencias potencialmente mortales. Un guerrero Nakatoka no podía permitir una falta de respeto tan grande.

Tanka observó todo, no podía creer lo que veían sus ojos. Su acción de regalar algo a Matolakate había tenido el efecto contrario al que deseaba. Sentía que lo había perdido todo. Sus emociones se hincharon y lo abrumaron, echó un grito primitivo y salió corriendo directamente hacia Matolakate. Enfurecido y fuera de control, Tanka quería matar a este monstruo. Iba a atacar sin pensar en las consecuencias, pero enseguida dos compañeros y su padre lo derribaron y lo sostuvieron en el suelo. No iban a dejarlo luchar contra el jefe más importante de los Nakatokas.

Matolakate los miró con repugnancia. Este joven débil, inmaduro y cobarde no tenía chance contra un guerrero como él. Esperaba ver si Tanka lo desafiaría, pero su padre no lo dejó moverse. Lleno de indignación, Matolakate dijo a todo el pueblo que en ese momento todos sabían que él era el líder y nunca aguantaría otro insulto así. Si veía a Tanka cerca de su hija Ayiana, lo mataría. Todo el mundo lo tomó en serio, sabían que su amenaza era real y esperaban que Tanka se tranquilizara y olvidara lo sucedido para no preparar otro funeral ni otra guerra. Matolakate se fue, seguro de que había demostrado su dominio.

El padre de Tanka no lo dejó solo durante varios días. Hablaba mucho con su hijo de que sería mucho mejor olvidar lo que había pasado, que podía ser feliz sin venganza, que pasaría con el tiempo. Al principio, Tanka discutía y juraba venganza. Pero, poco a poco, parecía que estaba relajándose. En realidad, estaba harto de escuchar las voces racionales. Sabía que no podía vivir en vergüenza, ni sin Ayiana. No seguiría la manera en la que su padre había vivido, escondiéndose de Matolakate toda su vida. Nadie sabía en lo que estaba pensando, estaba planeando lo que haría. Tanka era un guerrero Nakatoka, nunca obtendría el respeto de la gente si no hacía nada y el respeto era lo más importante.

Tanka tampoco podía dejar de pensar en Ayiana. Cada día que la veía, su amor crecía. Bueno, cada día que no la veía, su amor crecía. Su corazón cantaba por ella, no pasaba ningún momento sin pensar en ella. Pero Tanka no tenía realmente un plan, porque no sabía cómo resolver su dilema. Claro, tenía que desafiar a Matolakate, aunque lo que más lo perturbara era, ¿podría Ayiana amar a la persona que matara a su padre?

Finalmente, un día Tanka decidió que ya no podía vivir con la vergüenza que Matolakate le había generado. Montó su caballo y habló con dos de sus compañeros guerreros y, en la costumbre de los Nakatokas, anunció que iba a desafiar a Matolakate. Sería una lucha a muerte y los dos guerreros se encaminaron al pueblo de Matolakate para entregar la noticia. Cuando la familia de Tanka se enteró, su mamá y hermanitas comenzaron a llorar. Era posible oír sus gritos por millas. Su padre sabía que ya no podía hacer nada para detener a su hijo, era demasiado tarde. Se sentó y lloró en silencio. Él ya sabía lo que se avecinaba, había visto muchos desafíos y algunos de sus amigos más cercanos habían muerto así. Nunca terminaban bien, sólo habían resultado en dolor. No había victoria en un desafío.

Tanka fue hasta el bosque para prepararse. Normalmente, el pueblo se emocionaba ante la expectativa de una lucha mortal entre dos guerreros. Todo el mundo asistiría a contemplar el combate. Pero había un poco de tristeza esta vez, Tanka era un guerrero querido y nadie quería verlo morir. Matolakate, aunque era mayor, todavía era un guerrero feroz, fuerte y experimentado. Tanka era joven y sí, tenía éxito contra los guerreros de otras tribus, pero aun así era delgado y, claro, no inspiraba tanto temor como su rival.

En el pueblo de Matolakate, los compañeros de Tanka llegaron a anunciar el desafío. A la manera de los Nakatokas, tiraron una lanza a los pies del jefe. Matolakate la recogió y la rompió en dos partes en señal de aceptación. Fue el momento que esperaba, ahora podía deshacerse de ese fastidio. Ayiana lo vio todo, podía sentir la determinación y la sed de sangre en los ojos de su padre. Iba a matar a Tanka, el objeto de su amor intenso. No importaba lo que pasara, Ayiana perdería a su padre, a su amor, o probablemente a los dos. Sabía que tenía que hacer algo y se fue corriendo hacia el bosque.

Tanka, montado en su caballo, tuvo que escapar de los gritos de su familia, de la angustia de su pueblo. Tenía que prepararse para su batalla. Estaba listo para pelear, quería intensamente tomar venganza contra el enemigo de su padre y quien lo avergonzó. Aunque sentía remordimiento en su corazón porque esta decisión podría alejarlo de su amor, ya no tenía otra opción. Iba a pelear.

Cuando la hora llegó, Tanka, decidido, se puso en marcha hacia su destino. Hizo que su caballo caminara lento, pero con propósito hasta el pueblo de Matolakate. Empezó a juntar toda la determinación que pudo encontrar en el camino. Intentó no pensar en Ayiana, estaba enfocándose en una cosa: el desafío mortal. Cuando miró hacia arriba, había algo en el sendero. "¿Es un espejismo?" se preguntó. Pero rápidamente se volvió real, muy real: era Ayiana, llorando, corriendo hacia Tanka. Tanka se bajó de su caballo y corrió hacia ella. Los dos chocaron en un abrazo apasionado, su primer abrazo. Tanka, casi llorando también, susurró una y otra vez:

—¿Qué haces? ¿Qué haces mi amor?

Ayiana, ahora sollozando, lo sostuvo fuerte. No quería dejar de estar en sus brazos.

Finalmente, Ayiana se compuso lo suficiente como para hablar, miró a Tanka directamente a los ojos y le dijo:

—No puedes, no puedes pelear con mi padre. No quiero perderte, no quiero perder a nadie.

Tanka, para entonces ya llorando, sólo podía decir:

—Te quiero, te quiero, pero no hay opción.

Luego, Ayiana dejó de llorar y en una voz clara con determinación, declaró:

—Sí, tenemos una opción. Tómame. Llévame donde podamos vivir juntos. Vámonos lejos de aquí, mi querido.

Tanka ya no podía pensar en su pelea ni en Matolakate, sólo podía pensar en la bella chica, fuerte y valiente enfrente de él. Sí, escapar con ella era una opción, pero muy drástica. No había lugar donde pudieran estar seguros, la región estaba llena de tribus peligrosas listas para matar a Tanka y tomar a Ayiana como esclava. Además, escapar de Matolakate sería difícil, aún con su caballo. No, tendrían que cruzar las montañas, algo que ningún Nakatoka había hecho antes. Los dos miraron en dirección a las montañas. Ayiana, todavía en los brazos de su amado, dijo algo que marcó sus destinos:

—Prefiero morir contigo en las montañas que perderte en las manos de mi padre.

Los dos comprendieron y aceptaron lo que harían, a pesar de los riesgos.

Tanka tomó su mano y la guio al caballo, lo montó primero y luego la levantó sentándola detrás de él. Se enfrentaron a las montañas y pararon un momento. No sabían exactamente lo que estaban por experimentar, sólo sabían que tenían que estar juntos.

Tanka, sabía que les faltaban muchas cosas que necesitarían para su huida. Aunque no estaba pensando claramente, sabía lo que tenía que hacer. Entonces, los dos montados en el caballo, galoparon de vuelta hasta el pueblo de Tanka. Cuando llegaron, no había muchas personas, casi todos habían ido al pueblo de Matolakate para ver el desafío. Sólo los ancianos y niños se quedaron. Tanka tenía poco tiempo y fue con prisa al tipi de su familia y tomó un hacha, algunas pieles y bolsas de carne seca, nueces y frutas. Sería suficiente para los próximos días.

Después de marcharse, fueron directamente hasta el río. Matolakate podría rastrearlos fácilmente, especialmente con el caballo, entonces la mejor idea era avanzar por el agua. Anduvieron río arriba, alejándose cada vez más de las personas. Después de algunas millas, tomaron un afluente que se dirigía hasta las montañas. Tanka conocía bien esta área, era el sitio de muchas de sus cacerías, pero al mismo tiempo era familiar para muchos de sus compañeros. Después de poco tiempo el afluente se volvió pequeño y lleno de piedras grandes. Para que fuera más difícil ver sus huellas, salieron hacia donde las piedras forraban la orilla y comenzaron andar por de la ladera de la montaña.

A lo largo de esta etapa inicial de su fuga, Ayiana cabalgaba detrás de Tanka con los brazos alrededor de su cintura y la cabeza inclinada sobre su espalda. Lo sostenía fuertemente, quería encerrarse en su cuerpo. Trataba de no pensar en lo que pasaría si su padre y los demás los atraparan. Le dolía pensar en esto. Era joven todavía y, aunque no sabía muy bien lo que podía pasar, sí estaba segura de que sería algo terrible. Tanka se enfocaba en la huida, esto le hizo olvidar la locura en la que se había metido. Necesitaría usar todas sus habilidades para evadir a Matolakate, que iba a estar muy decidido a recuperar a su hija. Sentía los brazos de Ayiana alrededor de su cintura y le brindaban calma. Claro, los dos estaban muy preocupados.

Una vez dentro del bosque, Tanka realizó más maniobras evasivas. Anduvo en círculos, corrió en una dirección paralela y siguió arroyos cuando los encontró. Pero su ventaja era el caballo, sus maniobras sólo retrasarían a sus perseguidores. El caballo les permitió ir más rápido de lo que los otros guerreros podían correr, especialmente con Ayiana que, por supuesto, no podía avanzar tan rápido ni tanta distancia como un guerrero. Después de algunas horas, Tanka notó que el caballo sentía el cansancio y estaba yendo un poco más lento. Entonces, lo dejó tomar agua de un arroyo y luego bajó para correr a su lado sosteniendo las riendas. Tanka y Ayiana descansaron un poco también. No se hablaron. De hecho, no habían dicho una palabra después de salir del pueblo. Los dos se daban cuenta de qué tan serio era lo que hacían. No era tiempo para cháchara. Sabían que nada de lo que dijeran podría contemplar la situación que estaban viviendo. No existían las palabras apropiadas.

Anduvieron y anduvieron, aún después del atardecer. Sólo cuando no podían andar más, pararon. Ayiana estaba a punto de caerse del caballo, pero no dijo nada. Tanka sabía que sólo podían dormir algunas horas y, claro, no podían hacer una fogata. Comieron un poco de fruta seca, Tanka apiló algunas agujas de pino y hojas secas para una cama para Ayiana. A algunos pies de distancia de ella, hizo lo mismo para él. Los dos se acostaron, enfrentándose. Estaban mirándose en la oscuridad y el silencio de la noche. Ayiana no podía mantener sus ojos abiertos, pero no quería cerrarlos tampoco. Sin una palabra, se levantó y se acostó al lado de Tanka. Se durmieron atrapados, uno en los brazos del otro.

Tanka se despertó con un sobresalto en medio de la noche, oyó algo en el bosque. Algo se movía entre los árboles, aunque estaba tranquilo. Se arrodilló mirando al bosque y no pudo ver nada. Luego, oyó algo caminando directamente a ellos. Tanka preparó su cuchillo, estaba listo para atacar. Lo que fuera, se estaba acercando desde el lado de Ayiana, pero lo hacía de una manera deliberada, como si no estuviera tratando de ocultar su presencia. ¿Era un hombre, un animal? Estaba justo al lado de Ayiana, Tanka estaba a punto de apuñalarlo, pero lo que parecía un animal, se acostó tranquilamente y se durmió acurrucado contra Ayiana. En ese momento Tanka se dio cuenta de que era el perro, que los había encontrado. Tanka exhaló un gran suspiro de alivio. Qué familia, pensó: un guerrero, una chica, un caballo y un perro.

Los dos siguieron así cuatro días más. Estaban sintiéndose un poco más cómodos, no había ninguna señal de Matolakate ni de otros guerreros Nakatokas. Tanka sabía que todavía estaban persiguiéndolos, pero con el caballo sus chances de escapar mejorarían. Los días eran largos y las noches se estaban volviendo más y más frías. Casi todo el camino era cuesta arriba. Podían sentir que el aire se hacía más y más delgado y frío. No estaban comiendo mucho y sólo les quedaba suficiente para algunos días más. El caballo podía comer pasto en los prados y el perro tendría que encontrar su propia comida. Había bastantes arroyos que les proveían agua.

Al quinto día se enfrentaron a una gran montaña cubierta de nieve, aún en medio del verano. Tenían que decidir lo que harían, sería imposible subirla. Debían pensar con precisión cómo iban a rodear ese gran obstáculo, hacia el sur o hacia el norte. El norte parecía una línea de altos picos cubiertos de nieve interminable entonces Tanka eligió rodearla hacia el sur. La ruta del sur tenía montañas menos desafiantes, pero la tierra era estéril y llena de piedras y no había buena cobertura de árboles. Era la menos peor de las dos opciones y con mucha preocupación se pusieron en marcha.

Caminaron por horas alrededor de esa montaña, la más grande que alguna vez habían visto, casi todo el día, hasta que llegaron a la cima del sendero. Tanka esperaba que hubiera una tierra más acogedora más allá de esta cordillera, pero desde ese lugar estratégico, únicamente veía más montañas. Entendió por qué los Nakatokas nunca se habían aventurado a cruzarlas, no sería fácil. Parecía imposible.

Tanka proyectó su rumbo. Delante de ellos se extendía un valle con un río en medio rodeado por árboles. Iban a seguir este río por dos o tres días y luego tendrían que cruzar más montañas. Bajaron hasta el valle y caminaron bordeando el río. Ayiana alternaba entre montar el caballo y caminar, mientras Tanka sólo caminaba. El perro a veces estaba cerca, a veces se iba por su cuenta. Después de cruzar dos montañas en seis días, se estaban relajando un poco. La caminata se hacía cada vez más difícil, pero eran nakatokas, podían aguantar aún más.

Una mañana, se despertaron casi renovados, pues habían dormido bien escuchando el susurro del fluir del río cercano. Ayiana se desvistió y fue a bañarse. El agua estaba fría, pero se sentía bien limpiar su piel cubierta de polvo. Levantó sus brazos al cielo y rezó. Rezó para sobrevivir, rezó por Tanka, rezó para ser una buena mujer. En ese momento, levantó su mirada y vio a Tanka, que estaba de pie en la orilla. Tanka observaba a esta bella criatura, estaba maravillado con ella, con su piel mojada reluciendo al sol. ¿Cómo pudo ella haberlo elegido? ¿Cómo pudo tener tanta suerte? Estaba rodeado por la belleza de grandes montañas y un cielo perfectamente azul, pero ella era lo único que podía ver. Se desvistió, entró al río y se le acercó. De pie frente a ella, en silencio, cepilló su pelo con su mano, tocó dulcemente su mejilla y miró el agua fluyendo sobre su piel. Lo que sintieron en ese momento fue surreal. Comprendieron que se pertenecían, juntos para la eternidad. Ayiana le susurró:

—Hoy, Tanka, somos un hombre y una mujer.

Siguieron su camino durante tres días como estaba planeado. Andaban cuesta arriba y el río disminuía cada día, para entonces sólo era un arroyo entre dos imponentes montañas. Durante los días, Ayiana recolectaba bayas negras salvajes y en la noche las molía creando una pasta negra. Una vez que tuvo suficiente cantidad, ya estaba lista para su propósito, se acercó a Tanka y se sentó a su lado. Tomó su mano y, sobre el dorso, con una espina empezó a tatuar un símbolo: la representación del sol sobre una montaña. Tanka se quedó en silencio soportando los pinchazos, luego Tanka hizo lo mismo a Ayiana. Cuando terminaron, se miraron un momento, Tanka rompió el silencio cómodo con un:

—Te amaré por siempre.

Y Ayiana en respuesta dijo:

—Y yo a ti, Tanka, guerrero de Los Nakatokas.

Tanka y Ayiana se acomodaron por la noche después de comer un poco de su cada vez más escasa comida. Los dos estaban conscientes de que se les iba a acabar muy pronto. Se tranquilizaron, con sus estómagos todavía casi vacíos, cuando enseguida el perro irrumpió en el campamento. Tanka miró al perro, lucía más sarnoso que nunca, pero tenía algo en su boca. Después de mirar más de cerca, notaron que ¡era un conejo! Uno grande además. La joven pareja se lanzó una mirada cómplice, los dos pensaron lo mismo, ¿Podían encender una fogata? Era una opción comer el conejo crudo, pero sabían que sería mucho mejor cocinarlo. Tanka miró alrededor, había muchos lugares desde los cuales sus perseguidores podrían ver el humo. Al valle lo rodeaban montañas y árboles, pero no eran suficientes para ocultarlo. Tanka siguió pensando sin notar que Ayiana se había ido. Regresando con un montón de ramas en sus brazos, las dejó enfrente de Tanka. Él recibió su mensaje sin decir nada, y empezó a encender el fuego. Ayiana preparó el conejo, juntos cocinaron y disfrutaron cada bocado de la primera carne fresca que habían comido en mucho tiempo. Le dieron algunas sobras al perro y guardaron el resto. Inmediatamente después, apagaron la fogata. Durmieron bien esa noche.

Tanka se despertó temprano y exploró su ruta. Al percatarse de que entrarían a un área donde las montañas se cerraban cada vez más, sabía que habría pocas presas. De hecho, sólo podía ver tierra estéril adelante. Entonces Tanka susurró al oído de su amada que se iría a cazar, que necesitaban más comida para su viaje. Ayiana gruñó en respuesta y volteó al otro lado para seguir durmiendo. Partió, con el perro no muy lejos detrás de él, hacia el bosque.

Fue un día largo y decepcionante cuando Tanka regresó con las manos vacías, le dijo a Ayiana que no había tenido suerte. Su compañera sólo lo miró y le respondió:

—Bueno, se útil y enciende una fogata, mi gran cazador Nakatoka.

Tanka la miró con sorpresa porque ella sabía que no podían permitirse encender una fogata para nada, sería demasiado arriesgado. Pero entonces, con una sonrisa grande, Ayiana le mostró cinco pescados de buen tamaño. En su ausencia, había ido al río y logró pescar exitosamente. Tanka, casi delirante de felicidad, cantó una canción y bailó a su alrededor, llamándola la gran pescadora de las montañas. Los dos se rieron hasta que cayeron uno en los brazos del otro.

Otra noche de felicidad: tenían comida, se tenían el uno al otro. Estaban solos en el mundo y la única cosa que necesitaban era estar juntos. Pero las semanas siguientes iban a ser duras. Subían y bajaban montaña tras montaña. Muchas veces encontraban lugares por donde no podían pasar y tenían que regresar varias millas para encontrar otro camino. Aunque Tanka podía matar algunos ciervos, nunca tenían suficiente comida. Había agua, pero había días sin ella también. El perro y el caballo parecían esqueletos, Tanka y Ayiana no se veían mucho mejor. Cada día era un reto, cada noche hacía más y más frío, y cuando llovía todo era aún más difícil. Ayiana trataba de no pensar en el dolor y la fatiga, simplemente se enfocaba en avanzar. Creía que siempre y cuando pudiera dar otro paso, sobreviviría. Parecía que el resto del mundo eran montañas, que nunca iban a encontrar un lugar mejor. Tanka pasó días preguntándose por qué creía que llegarían a un lugar diferente. A veces pensaban que no podían andar más, que iban a morir en esta tierra estéril de montañas interminables.

Los días se convertían en semanas, las semanas en meses. Todo el camino parecía igual. ¿Iban en círculos? ¿Habría un fin? Perdieron la noción del tiempo. Sin decirlo, los dos estaban seguros de que no sobrevivirían un invierno en las montañas. Si no morían de hambre, morirían de frío.

Desesperanzados, subiendo y subiendo con la seguridad de que tendrían que enfrentarse a más obstáculos, divisaron la cosa más bella que habían visto en sus vidas: un valle con árboles, prados y un arroyo se desplegaba majestuosamente enfrente de ellos. Más importante, no se avistaban más montañas más allá del valle. Los árboles ya estaban comenzando a cambiar de color y, después de ver sólo piedras por muchas semanas, deslumbraba ver tantos colores. Era espectacular. Se abrazaron y lloraron lágrimas de felicidad.

Tanka y Ayiana sabían que habían alcanzado su libertad. Pero también, para bien o mal, sabían que nunca más volverían a ver a los Nakatokas, a sus familias, ni a Matolakate. Entonces bajaron la última montaña con alegría, pero con un poco de tristeza también, listos para una nueva vida juntos.

Epílogo

El joven cazador se agachó de un lado de la montaña. Se mantuvo bajo las grandes piedras que, junto con los pinos, cubrían esta ladera empinada. Pisó, cuando podía, sólo sobre la piedra para no hacer ningún ruido. Podía ver su aliento en el aire fresco de la mañana, su respiración era lenta y firme. Rastreaba a un ciervo que no quería perder como a los otros, no había tenido mucho éxito recientemente y no quería oír las burlas si regresaba otra vez con las manos vacías. Su arco era grande, las puntas de sus flechas también. Llevaba pantalones de piel y, como todavía era otoño, su torso iba al descubierto; sus pies, siempre descalzos, gastados y encallecidos. Su pelo largo estaba recogido de una manera que parecía al azar para los que no estaban acostumbrados. Sus ojos, profundos y oscuros, resaltaban su nariz aguileña.

Había estado cazando por horas, desde la oscuridad de antes del amanecer, cuando de repente miró hacia arriba y, finalmente, pudo ver a su presa, una hembra adulta. Tuvo que arrastrarse alrededor de una piedra grande porque no estaba en una buena posición para atacar. Vaciló un momento para prepararse antes de alistarse para hacer un intento. Había llegado a un lugar perfecto, solo tenía que voltearse y estaría entre la piedra y un árbol, enfrentando directamente a la cierva. hizo una inspiración profunda pero silenciosa y se volteó. Cuando levantó su arco con la flecha cargada, tocó la rama de un árbol que hizo un sonido sutil. La hembra giró para ver en la dirección del sonido e, instintivamente, salió corriendo. Los músculos de sus patas traseras se contrajeron, pero ya era demasiado tarde: el cazador disparó su flecha y la golpeó justo detrás del hombro. La presa empezó a saltar, pero en lugar de volar por el aire, se desplomó hacia la tierra. La flecha perforó su corazón y salió por el otro lado de su cuerpo. En un instante, la sangre se derramó profusamente de su herida mortal.

Otaku se sentía aliviado, matar un ciervo aquí era difícil. En ese lugar lleno de lobos, los venados eran caprichosos y siempre conscientes. Se quedaban en las sombras, escondidos de cualquier amenaza. Después de preparar el cuerpo, el cazador lo alzó sobre sus hombros y lo llevó hacia el valle. Casi corría con el peso del ciervo empujándolo cuesta abajo. Conocía bien el camino, era el lugar donde había pasado gran parte de su juventud, vivió allí con su papá, su mamá y sus hermanitas. El éxito en la cacería lo hacía sentirse bien. Matar este tipo de animal requería sigilo, paciencia y todos los sentidos. En su juventud había sido un buen cazador de ciervos, pero en ese momento de su vida sólo cazaba alguno de los cientos de miles de búfalos que vivían en las llanuras. Era una hazaña muy diferente, una que requería la habilidad de manejar un caballo y que demandaba más valor que paciencia. Este cazador era un cazador de búfalos, es lo que le daba valor entre sus compañeros.

Con la hembra a cuestas, entró a un campamento pequeño en el bosque. Sólo había un tipi, un lugar para una fogata, pilas de leña y tres caballos en un corral rudimentario. Cerca, había algunas balas de heno apiladas y un anciano se sentaba tranquilo arreglando su pequeño arco cerca del fuego. El cazador dejó la presa cerca del hombre arrugado y se paró orgullosamente ante su matanza.

—Gracias, hijo mío, te felicito —dijo el anciano con su voz grave.

—De nada papá —respondió Otaku con una sonrisa, sabiendo que había un poco de sarcasmo en las palabras de su padre.

—Es impresionante que puedas matar un ciervo con tu arco de búfalo —mencionó el hombre.

El hijo usaba un arco diseñado para matar un animal mucho más grande que un ciervo.

—Papá, tengo que irme, mi familia me espera, pero volveré antes de la primera nieve —dijo rápidamente el joven cazador.

—Ayiana —llamó el anciano—, tu hijo te trajo un regalo, ven a prepararlo. Siéntate, hijo —continuó el anciano—, pasa un rato con tus ancianos padres."

El cazador se sentó a regañadientes, consciente de que su joven familia lo necesitaba. Tanka esperó hasta que Ayiana se sentó a su lado y luego habló con su hijo:

—Otaku, eres un buen hijo. Sirves bien a tus padres en su edad avanzada. Te apreciaremos por siempre.

Con estas palabras, Otaku se relajó, amaba a sus padres y sabía que sería mejor pasar un rato con ellos. Hablaron de su mujer, de su recién nacido bebé e incluso de cosas de su juventud. Tanka le explicó que se tomaría tiempo para enseñar a su bebé las costumbres de los Nakatokas. Otaku estaba de acuerdo, pero al mismo tiempo se preguntaba por qué su hijo necesitaría aprender las costumbres de gente que nunca conocería. Sería algo con lo que lidiaría en el futuro.

—Tu bebé necesita aprender el idioma de los Nakatokas aquí con nosotros —afirmaba el antiguo guerrero.

Otaku suspiró profundamente, iba a contradecirlo, pero luego lo pensó mejor y dijo simplemente:

—Sí, papá. Papá, ¿por qué tú y mamá no vienen conmigo para vivir con nosotros? Podrían pasar mucho más tiempo con sus nietos. Tenemos espacio, comida y todo, serían bienvenidos completamente —dijo el joven tímidamente, consciente de que era una conversación que habían tenido muchas veces sin éxito en el pasado. Tanka miró a Ayiana, dejándole una chance de responder, y luego dijo:

—Gracias m'hijo, pero tu mamá y yo pertenecemos a este lugar, al bosque, cerca de las montañas de los Nakatokas.

Las montañas eran su única conexión con su pasado, con su patria y con la gente que habían dejado atrás.

Otaku y sus hermanitas habían crecido entre los sioux, a diferencia de sus padres. Tanka y Ayiana sabían que, para sobrevivir, necesitaban aprender su lenguaje y sus maneras. Tanka estableció una buena relación con los sioux y pudieron llegar a un acuerdo con ellos para cuidar a sus niños en sus pueblos durante los veranos. Los sioux nunca molestaban a esta pareja extranjera, aunque pensaban que este hombre que insistía en vivir entre las montañas y cazar ciervos era un poco extraño.

En ese momento, Otaku era un guerrero sioux, parecía sioux, hablaba sioux, tenía una mujer sioux y practicaba sus costumbres. Su bebé iba a ser un guerrero sioux también. Incluso sus dos hermanitas se habían casado con guerreros de su tribu. Las costumbres de los Nakatokas eran del pasado, eran de sus padres, quienes ya no encajaban en su mundo, gente que nunca conoció. No podía imaginar aquella comunidad que vivía al otro lado de las montañas. Las historias de sus padres eran simplemente eso, historias.

Así termina la historia de Tanka y Ayiana. Dos personas que, desde el momento en que se vieron, se dieron cuenta de que pasarían sus vidas juntos. No era su decisión, era su destino. Claro, no podían predecir lo que tendrían que atravesar para quedarse juntos: despedirse de todo lo que conocían, de todo lo que amaban; cruzar montañas nunca antes cruzadas y crear una nueva vida, una nueva familia, completamente solos en una tierra desconocida. Pero lo más importante es que nunca dudaron de que lo que hicieron fue lo mejor para ellos. Nunca perdieron la fe en sí mismos. Jamás dejaron de amarse tanto como el primer día en que se conocieron. Ayiana mantuvo siempre presente la imagen de su valiente guerrero salvando su ropa de la corriente en el río de los Nakatokas. Tanka nunca olvidó cómo se veía Ayiana, en ese entonces una jovencita, corriendo hacia él en el bosque con el coraje de cien guerreros. Los últimos años de sus vidas, cuando estaban solos en su montaña, estaban felices. Claro, extrañaban a sus familias perdidas, a su tierra nativa y a la vida que nunca tendrían entre su gente, los Nakatokas, pero estaban satisfechos por tener hijos, nietos y por simplemente haber estado juntos casi toda su vida. No habrían cambiado nada.

Todavía sentado, Tanka puso su mano sobre la mano de su eterna amada, Ayiana, mientras miraban a su hijo regresar por el bosque hacia su familia. Luego, se sonrieron el uno al otro suave y cariñosamente. No, no hubieran cambiado nada.